KB064016

빌런의 공식

13 STEPS TO EVIL
How to Craft Superbad Villains

빌런의 공식

13 Steps to Evil

사샤 블랙 지음

정지현 옮김

일러두기

- 본문의 주는 모두 옮긴이의 주입니다.
- 본문에 예시로 든 책, 영화, 드라마 등의 경우 국내에 정식 출간, 방영된 작품은
  한국어판 제목으로 적었으며, 국내에 소개되지 않은 작품은 제목을 임의 번역한 후
  원제목을 병기했습니다.
- 주로 '빌런'이라는 용어를 사용했으나 맥락에 따라 '악당'과 '안타고니스트'도 함께
  사용했습니다. '히어로' 역시 맥락에 따라 '주인공'과 '프로타고니스트'라는 용어를
  함께 사용했습니다.

반짝반짝 빛나는
세상의 모든 작가를 위하여

작가야, 중요한 건 빌런이야!

히어로는 멋있다. 하지만 대개는 예측 가능하다. 히어로는 언제나 세상을 구하고 승리한다. 멋진 히어로가 가득한 세상은 분명 아름답겠지만, 히어로만 가득한 소설은 어떨까? 아마 아무 일도 생기지 않아서 지루함에 몸부림치다 집어던지고 말 것이다. 도대체 긴장감은 어디 있는 거지? 용기, 감정, 갈등은 대체 어디에 있냐고!

물론 품위 있고 매력적이며 절대로 실패하지 않는 당당하고 잘생긴 히어로 캐릭터도 좋다. 그런 캐릭터에 푹 빠지고 싶지 않은 사람이 있을까? 하지만 솔직해져보자. 히어로보다는 사악한 눈빛을 반짝이는 빌런을 만드는 게 몇 배는 더 재미있다. 다음에 무슨 짓을 할지 도무지 예측 불가능한 그런 캐릭터. 맞아, 빌런은 언제나 가장 흥미로운 캐릭터다.

독자를 사로잡는 이야기를 쓰고 싶은가? 스토리에 긴장감을 더해주는 깊고 매력적인, 이 바닥 최고의 빌런을 원하는가? 내가 도와주겠다.

작가는 장르의 트롭①에 충실하면서도 복잡하고도 특별한 캐릭터를 만들어야 한다. 하지만 그 작업은 나날이 어려워지

---

① 트롭trope은 소설이나 영화, 드라마 같은 창작물에서 빈번하게 등장하는 일종의 공식화된 설정이나 요소를 말한다. 캐릭터 유형이나 주제, 줄거리 요소, 주제 등이 모두 포함된다.

고 있다. 야속하게도 독자는 절대 호락호락하지 않다. 게다가 독자들은 나날이 똑똑해지고 있다. 그들은 당신이 쓰는 장르의 소설을 당신보다 훨씬 많이 읽었다. 야심 차게 준비한 반전도 빠르게 알아차린다. 이미 읽어본 것들이니까.

당신은 다음 항목에 해당하는가?

- ✔ 내가 만든 빌런은 영 별로다.
- ✔ 빌런을 만드는 것 자체가 처음이다.
- ✔ 빌런을 만들 때마다 '음하하하' 하고 웃는 클리셰덩어리가 된다.
- ✔ 내 여린 마음에서는 도저히 어둡고 뒤틀린 빌런이 안나온다.
- ✔ 그냥 빌런을 더 잘 만들고 싶다.
- ✔ 친구들이 지난 2년 동안 모임에도 나오지 않고 노트북을 절친 삼아 도대체 뭘 하고 지냈냐고 묻기 시작했다.

이 중에 하나라도 해당한다면 이 책이 도움이 될 것이다. 독자들을 책 속에 흠뻑 빠져들게 할, 멋지게 뒤틀린 빌런이 탄생할 것이다.

독자들은 '빌런 욕하기'를 스포츠처럼 좋아한다. 낚싯바늘을 향해 헤엄치는 물고기처럼 빌런에게 깊이 빠져들었다가 도저히 공감할 수 없는 잔혹하고 비도덕적인 면을 깨닫고 경악한다. 몇 단계만 따르면 얼마든지 그런 빌런 캐릭터를 설계할 수 있다.

이 책에서는 주로 빌런villain이라는 명칭을 사용한다. 빌런은 안타고니스트antagonist 또는 적대자와는 다르다. 각 용어의 차이는 곧 설명하겠다.

만약 모든 이야기에 어울리는 빌런 목록이 필요해서 이 책을 읽는다면 실망할 것이다. 앞으로 읽게 될 280페이지는 플롯에 어울리는 올바른 빌런을 만드는 방법을 설명하기 위해 쓴 것이다. 그 과정에서 우리가 알고 있는 최고의 빌런들을 예시로 보여줄 예정이다.

이 책의 첫 부분은 오로지 '최고의 빌런 고안하는 법'에 초점을 맞췄다. 더 읽어가다 보면 빌런의 특성, 동기, 목표를 설정하는 방법뿐만 아니라 독자들을 궁금해 미치게 만들 플롯 구성법을 알게 될 것이다. 또한 반영웅을 해부하고 클리셰를 피하는 방법도 살펴볼 예정이다.

이 책의 마지막 부분에서는 빌런의 좀 더 복잡한 측면에 초점을 맞췄다. 빌런들에게 종종 나타나는 정신 질환을 다루는 한편, 갈등을 만들고 클라이맥스와 결전을 설정하는 법, 두려움과 공포에 대해서도 살펴본다.

이 책을 처음부터 끝까지 읽으면 완벽한 빌런 캐릭터를 만드는 데 필요한 모든 것을 배울 수 있다. 목차를 보며 필요한 부분을 찾아 참고서처럼 활용해도 좋다. 그러나 각 단계에 풍부한 자료와 예시를 담아두었으니 되도록 건너뛰지 말고 읽어주길 바란다. 당신이 앞으로 만들 멋진 빌런들을 위해!

피땀 흘려서 쓴 글이 독자들에게 선택되려면 시장을 잘 알아야 한다. 또한 하얀 눈 속에 감쪽같이 숨은 북극곰처럼, 자신이 쓰려는 장르와 하나가 되어야 한다. 어느 장르든 애독자들은 책을 열자마자 뭐가 나올지, 캐릭터들이 어떤 행동을 할지 대충 알고 있다. 모든 장르마다 뉘앙스와 트롭이 있기 때문이다. 그중에는 죽은 파리처럼 그냥 무시해버려도 되는 것도 있지만 독자들이 으레 기대하는 것도 있다. 그 기대를 충족시키지 않는다면, 빌런 경찰이 와서 체포해가도 어쩔 수 없다. 당신은 배신자니까. 아, 거짓말이다. 빌런 경찰 따위는 없다. 하지만 독자들은 기대했던 트롭이 충족되기를 기대할 것이다.

지레 겁먹을 필요는 없다. 내가 E.T.의 손가락을 빌려 올바른 방향을 가리킬 테니까. 꼭 기억해야 할 중요한 내용은 각 단계의 마지막에 요약해놓았다.

시작하기 전에, 이 책에서 원하는 것을 얻을 수 있을지 확인해보자. 다음 네 가지에 해당한다면 이 책을 덮어도 좋다.

첫째: 공포 장르 글쓰기를 배우려는 사람. 이 책은 공포 장르에 관한 책이 아니다. 물론 빌런의 많은 측면은 공포와 연관 있지만, 이 책은 좀 더 넓은 범위의 빌런을 다룬다. 모든 장르의 작가가 활용할 수 있도록 의도적으로 다양한 장르의 영화, 소설, 드라마 사례를 활용했다.

둘째: 나는 절대 장르 문학 작가가 아니라고 생각하는 사람. 이 책의 예는 대부분 장르 소설에서 가져왔다. 물론 일반 소설에 적용할 수 있는 요소도 있지만, 구체적으로 다루지 않았다.

셋째: 책에 조금이라도 비속어가 있는 게 싫은 사람. 그게 아니라도 이상야릇한 표현, 별난 유머를 싫어한다면 불쾌해지기 전에 그만 읽는 것이 좋을 것이다.

넷째: 스포일러는 절대 사양인 사람. 탁월한 빌런을 만드는

데 도움을 주려면 고품질 예시가 필요했고, 그래서 이 책에
는 다른 작품들의 줄거리와 스포일러가 가득하다. 되도록
널리 알려진 책과 영화들을 고르긴 했지만, 그래도 미리 말
해주는 편이 좋을 듯하다. "이 책에는 스포일러가 포함되어
있습니다."

여전히 이 책을 읽고 싶은가? 그렇다면 환영한다.
이제 본격적으로 빌런에 대해 알아보자.

Step ›› 1

빌런을
만들 거라면

슈퍼맨은 저리 가라, 당신의 소설엔 렉스 루터가 필요하다

작가들은 글을 쓰다 보면 히어로나 주인공과 비밀스러운 사랑에 빠지게 된다. 작가들이 푹 빠지는 대상은 주로 늠름한 프로타고니스트protagonist다. 첫 글자를 적는 순간 히어로에 대한 사랑과 숭배의 축제가 시작된다.

쯧쯧, 어리석고 어리석다. 왜 아무도 히어로는 별로 중요하지 않다는 걸 가르쳐주지 않은 걸까? 충격을 받을지도 모르지만, 흥미진진한 소설을 쓰기 위해서 이건 꼭 알아야 한다. 주인공은 소설에서 가장 중요한 캐릭터가 아니다. 빌런이 제일 중요하다.

충격적인가? 나도 이 진실을 받아들이기가 힘들었다. 하지만 단언컨대 사실이다. 한번 생각해보자. 과연 세계 지배를 꿈꾸는 렉스 루터가 없었더라면 붉은 망토를 휘날리는 슈퍼맨이 필요할까? 아마 아닐 것이다. 클라크 켄트는 아마도 곧장 로이스 레인과 그림 같은 교외 지역으로 이사 가 예쁜 자식들을 낳고 행복하게 살았을 것이다.

한 번쯤 이런 말을 들어봤을 것이다. "모든 성공한 남자의 뒤에는 여자가 있는 법"이라고. 그걸 살짝 바꿔보자.

"모든 성공한 히어로 뒤에는 빌런이 있다."

소설을 쓸 때 가장 중요한 것은 무엇일까? 어떤 작가들은 플롯이라고 이야기하고, 어떤 작가들은 캐릭터라고 한다. 둘 다 중요하지만 서사나 캐릭터보다도 근본적인 것이 있다. 바로 갈등이다.

갈등이 없으면 아무것도 없다. 갈등이 없으면 플롯과 캐릭터들은 구제 불능 수준으로 납작해진다. 플롯은 갈등을 토대로 한다. 갈등이 없으면 플롯도 없다. 갈등이 없으면 캐릭터를 변화시키거나 성장시킬 수 있는 캐릭터 아크character arc①도 없다. 한마디로 캐릭터가 없다.

몇 가지 예를 살펴보자.

예시 『해리 포터와 마법사의 돌』

주된 갈등은 트릴로니 교수의 예언에서 비롯된다. "어둠의 제왕을 물리칠 소년이 일곱 번째 달이 저물 때 태어나리라." 이것이 바로 갈등이다.

사악한 마법사 볼드모트는 예언이 이루어지는 것을 막기 위해 소년(때맞춰 태어난 해리)을 죽이려 한다. 하지만 아이러니가 있다. 이것은 자기실현적 예언이다. 왜냐하면 볼드모트는 해리를 죽이려다가 육체를 잃고 그 덕분에 해리 포터의 이야기가 시작되기 때문이다.

예시 『로미오와 줄리엣』

두 가문은 전쟁 중이다. 따라서 두 가문 간에는 그 어떤 교류도 금지된다. 이 갈등은 캐릭터들(몬터규 가문의 로미오, 캐풀렛 가문의 줄리엣)과 플롯을 만든다. 로미오와 줄리엣은 상대방의 정체를 모르고 서로에게 빠져든다. 갈등에서 플롯과 캐릭터가 나온다.

히어로의 길은 호락호락하지 않다. 히어로가 등장해 활약하고 승리를 거두려면 빌런(빌런은 몬터규 가문과 캐풀렛 가문의 증오 같은 무형의 것일 수도 있다)이 있어야 한다.

빌런의 욕망은 히어로에게 갈등을 일으킨다. 대부분의 소설은 누가 승리하는가에 관한 이야기다. 히어로인가, 빌런인가? 그들의 목표가 충돌하므로 반전에 반전이 거듭되고 머리를 후려치고 피가 튀기는 갈등이 발생하는 것이다. 이러한 액션이 플롯을 진행하며 독자들을 계속 몰입하게 한다. 히어로에게 반대하고 갈등을 일으키는 인물이 없으면 히어로도 '히어로'일 수 없고 스토리도 진행되지 않는다.

빌런이란 무엇인가: 플롯 장치

빌런은 '플롯 장치'라고 불리는 문학계의 악동이다. 플롯 장치는 플롯을 전개하는 책 속의 모든 메커니즘을 가리킨다.

빌런은 플롯의 가시 같은 존재가 되어야 한다. 빌런의 목표는 히어로와 반대이거나 히어로에게 위협이 되어야 한다. 그래야 갈등이 생긴다. 스캔들을 싫어하는 사람은 없다. 빌런도 히어로와 마찬가지로 인생을 걸 만큼 집중하는 목표가 있어야 한다.

---

① 인물호人物弧라고도 하며 이야기가 진행되면서 캐릭터가 겪는 변화나 내적 여정을 말한다.

19

빌런과
안타고니스트

빌런villain과 안타고니스트antagonist라는 말은 술자리에서
돌고 도는 술잔처럼 서로 돌아가면서 사용된다. 하지만 빌런과
안타고니스트는 똑같지 않다. 안타고니스트는 프로타고니스트
(주인공)와 반대되는 인물이다. 빌런은 주인공과 대적하므로
안타고니스트다. 하지만 안타고니스트가 꼭 빌런일 필요는 없다.

빌런은 어느 정도 사악해야 하지만 안타고니스트는 그렇지
않다. 예를 들어, 에세이나 회고록은 개인적인 이야기이기
때문에 현실의 안타고니스트가 등장할 가능성이 크다. 그리고 그
대적자는 특별히 사악하지 않고 평범할 것이다. 하지만 갱단이
나오는 소설에는 빌런이 등장해 범죄를 저지르고 사람들을
해친다.

『해리 포터』의 예를 들어보겠다. 이 작품에는 빌런과
안타고니스트가 모두 나온다. 볼드모트는 의심할 여지 없이
빌런이다. 그는 해리 포터의 어머니를 죽였고 입에 담지 못할
악행을 밥 먹듯이 저지르는 사악한 인물이다.

그런가 하면 드레이코 말포이는 악에 가깝게 서 있기는 하지만
절대로 그 선을 넘지는 않는다. 말포이는 해리에게 성가신 존재에
가깝다. 고추를 썰다가 실수로 눈을 비볐을 때처럼 엄청나게
짜증 나는 밉상이지만 상대를 죽이려고 달려들진 않는다. 그래서
드레이코 말포이는 안타고니스트다.

히어로와
프로타고니스트

데자뷔를 만들어보자. 빌런과 안타고니스트가 다른 것처럼 히어로hero와 프로타고니스트protagonist도 같지 않다. 많은 소설에서 프로타고니스트는 곧 히어로이지만, 항상 그런 것은 아니다. 프로타고니스트는 이야기를 주도하는 사람이다. 소설은 바로 그 사람에 관한 이야기다. 히어로는 비범한 능력(꼭 마법이나 초능력이 아니어도)을 갖추고 좋은 일을 하는 사람이다.

배트맨은 초능력이 없는 고전적인 히어로다. 그는 평범한 사람이지만 나쁜 놈들을 혼내주고 많은 사람을 구했다. 하지만 히어로가 꼭 만화에 나오는 슈퍼히어로일 필요는 없다. 히어로는 프로타고니스트의 강아지를 구하려고 차로 뛰어드는 이웃일 수도 있고, 진정한 삶의 의미를 찾기 위해 재산을 포기하는 재벌일 수도 있다.

반영웅이 프로타고니스트로 등장하는 소설이 점점 더 인기를 끌고 있다. 반영웅에 대해서는 7단계에서 자세히 살펴볼 예정이다. 『양들의 침묵』에서 한니발 렉터는 빌런이지만 프로타고니스트이기도 하다. 이 이야기는 한니발 렉터라는 사람과 그가 한 일에 관한 것이지만, 히어로는 다른 연쇄살인 사건을 해결하려는 FBI 요원 클라리스 스털링이다. 『나를 찾아줘』에는 두 명의 프로타고니스트가 등장하는데 그중 한 명은 빌런으로 밝혀진다.

빌런 캐릭터가
망가지는 순간

빌런은 갓 태어난 아기처럼 엄청난 잠재력을 갖고 있다. 작가들이 지저분한 손으로 주물러대기 전까지는 말이다. 우리는 종종 부주의하게 펜을 놀려 정교하게 조각된 아기 빌런을 상투적인 클리셰 덩어리로 바꿔버리거나, 너무 극악무도해서 비현실적인 인물로 만들어버린다.

빌런은 플롯을 위한 장치지만, 목적이나 목표가 필요하다. 그렇지 않으면 히어로의 적수로서 가치가 없다(3단계 참고).

나는 이 책을 쓰기 위해 작가들에게 빌런을 만들 때 겪는 어려움이 무엇인지 물어보았다. 빌런의 대사 쓰기부터 클리셰를 피하는 것, 사악함의 수준을 결정하는 것, 대놓고 설명하지 않으면서 동기를 드러내는 것까지 다양했다.

이 수많은 문제의 이면에는 모든 작가에게 아킬레스건과도 같은 두 가지 장벽이 존재한다.

치우친 시점: 보통 히어로의 시점으로 설명된다

주인공의 시점만으로는 빌런의 가장 훌륭하고 진실하며 사악한 측면을 제대로 보여주지 못한다. 특히 1인칭 주인공 시점은 빌런에게 불리할 때가 많다. 불필요한 정보 투하 없이 빌런의 배경을 효과적으로 전달하는 것은 눈물 날 정도로 힘들다. 최고의 빌런을 만들려면 더 명확하고 더 전략적이고 더 간결하게 글을 써야 한다.

작가들은 자신이 만든 히어로를 사랑하게 된다. 그래서 주인공의 늠름하고 영웅적인 면모를 설정하는 데 엄청난 공을 들인다. 그러다 보면 플롯을 전개하고 갈등을 만드는 빌런은 눈 밖으로 밀려날 수밖에 없다. 다시 말해, 작가들은 빌런에 충분한 관심을 쏟지 않기 쉽다.

빌런에 관한
조금 철학적인 이야기

몇 가지 질문으로 당신의 윤리 감각을 자극해보겠다. 아침에 일어나 생명수와도 같은 커피를 마시고 뉴스를 튼다. 매일 똑같이 우울한 이야기만 나온다. 저런 이야기들에 언제 무감각해졌는지 생각해본 적이 있는가?

우리는 〈프렌즈〉 재방송을 보는 것처럼 뉴스를 본다. 그다지 집중하지 않다가 논란의 여지가 있는 소식이 나오면 살짝 귀를 기울이는 것이다. 하지만 뉴스에는 따끈따끈한 아기 기저귀보다 지저분하고 암울한 소식들이 가득하다.

그러는 한편 뉴스와 광고, 잡지 들은 하루에도 몇 번씩, 예전이라면 상상도 못했을 이미지들을 우리에게 던진다. 그래서 이제는 혼전 임신이나 발목, 손목 노출 등 예전에는 잘못되었다고 생각했던 것들을 자연스럽게 받아들인다. 한마디로 '나쁘다'의 정의 자체가 몰라보게 변한 것이다.

이제는 좋은 빌런, '슈퍼배드' 빌런 캐릭터를 만들려면 사전적 정의나 사이코패스 설정만으로는 충분하지 않게 되었다. 작가는 무엇이 '나쁜 행동'이고 '악'인지 명확히 해야 한다. 사회의 기준은 계속 바뀌기 때문이다.

배고픈 아이를 위해 빵 한 덩어리를 훔친 가난한 엄마는 악한 행동을 한 것일까? 대부분은 아니라고 할 것이다. 하지만 장사가 잘되지 않아 고전하는 가게 주인의 입장에서 본다면 어떨까? 그 도둑질로 인해 결과적으로 주인이 가게를 청산하고 가족과도 소원해진 끝에 결국 자살한다면? 그러면 나쁘거나 악한 행동이 될까?

답은 중요하지 않다. 중요한 것은 그런 행동을 끌어낸 개인의 철학이다. 당신이라면 빵을 훔쳤겠는가?

악의 기준을 잘 모르겠다면 어떻게 해야 할까? 내가 만든 빌런이 빌런 레벨의 최저 눈금만큼도 안 된다면? 그렇다면 윤리적 기준선을 찾아 빌런이 그 선을 넘는지 헤아려봐야 한다. 사이코패스가 아닌 이상 당신의 윤리적 기준선은 다른 사람들과 크게 다르지 않을 것이다. 당신의 도덕관념을 나침반으로 삼으라. 자식을 위해 빵을 훔친 엄마는 이쪽, 지옥에서 기어올라온 악마는 저쪽.

1단계 요약

- 소설에서 가장 중요한 것은 갈등이고 갈등은 빌런에게서 나온다. 따라서 빌런 캐릭터에 충분한 관심과 주의를 기울이라.

- 갈등이 없으면 플롯도 캐릭터도 단조로워진다. 인간에게 산소가 꼭 필요한 것처럼 소설에는 갈등이 꼭 필요하다.

- 빌런은 악하지만, 안타고니스트는 반드시 악하지만은 않다. 하지만 둘 다 히어로와 대적한다.

- 히어로는 초인적인 능력을 지닌 선한 존재다. 프로타고니스트는 소설의 중심이 되는 인물이다.

- 히어로가 꼭 프로타고니스트가 아닌 것처럼 빌런도 꼭 안타고니스트인 것은 아니다.

- 빌런 캐릭터가 실패하는 이유는 대개 두 가지 실수 때문이다.
- 소설은 주인공의 시점을 따라가기 때문에, 빌런을 설명할 시간이 부족하다.
- 작가가 빌런 캐릭터에 충분한 관심을 기울이지 않아, 빌런 캐릭터 설계에 부족한 점이 생긴다.

- 개인적인 철학과 도덕관념을 나침반 삼아 빌런의 악한 정도를 설정하라.

생각해볼 질문

● 당신이 쓰는 장르에 나오는 빌런을 생각해보라. 빌런이
프로타고니스트이거나 빌런이기보다는 안타고니스트인
사례가 있는가?

● 프로타고니스트가 히어로가 아닌 사례로 『나를 찾아줘』와
『양들의 침묵』을 소개했다. 당신이 쓰는 장르에 다른 사례가
있는가?

Step ⇸ 2

매력적인 빌런의
성격과 특성

빌런에 대해 말하기 전에
알아야 할 것

일반적으로 사람은 엉망진창의 혼란과 혼돈 덩어리다. 엄청난
집중력을 기울여 누군가를 열심히 파악해보아도 그 사람이 진짜
어떤 사람인지, 무엇이 그 사람의 핵심을 이루는지 알기 어려울
때가 많다. 그만큼 인간은 다양한 감정과 행동이 들끓는 도가니다.
하지만 아무리 혼란스러운 존재라도 대부분 매우 예측 가능한
방식으로 반응한다. 행동의 일관성은 우리가 다른 사람을 알고
관계를 쌓아나가도록 해준다.

학창 시절에 항상 맨 앞자리에 앉아 선생님이 질문할 때마다
손을 드는 친구가 있었는가? 한 손으로 담배를 피며 좁은 도로를
위험한 속도로 운전하는 사람이 있었는가? 만나는 여자마다
기사도를 발휘하려는 남자는?

인간은 습관의 생물이다. 특히 성격은 쉽게 변하지 않는다.
하지만 누구나 평소와는 다른 성격을 보일 때가 있다. 모든
사람의 예상을 뒤엎고 충동적으로 다르게 행동할 수 있다는 것이
인간의 특별한 점이다.

무언가 예외적인 상황이 벌어졌을 때, 인간은 기존 캐릭터나
성격에서 '벗어난' 행동을 하게 된다. 예를 들어 몸무게가
47킬로그램밖에 안 되는 엄마가 아기를 구하기 위해 찌그러진
자동차의 문을 뜯을 때, 우리는 강한 예외성을 느낀다.

예시 『레드 퀸』

소설의 배경은 초능력이 있는 왕족과 그렇지
않은 노예로 나뉜 세상이다. 주요 캐릭터로 칼과
메이븐이라는 피가 반만 섞인 두 왕자가 등장하는데,
동생 메이븐은 늘 형인 칼에게 밀리지만, 연연하지 않는
모습을 보인다. 그러다 칼이 왕위를 물려받자 분노하며
빌런으로 돌변한다.

작가는 스토리를 진행시키며 캐릭터가 정상 상태에서 '벗어난'
행동을 하도록 밀어붙여야 한다. 그것이 캐릭터 아크의 일부다.
이야기의 전반부에서 캐릭터들(특히 히어로와 빌런)은 일관적인
모습을 보인다. 작가가 설정한 성격대로만 행동해서 플롯의
희생양인 것처럼 느껴질 정도다. 전반부에서 캐릭터들은 작가가
탁월하게 엮어놓은 스토리의 꼭두각시와도 같다.

하지만 중간 지점에서 무언가가 캐릭터를 바꿔놓아야 한다.
캐릭터가 플롯의 꼭두각시에서 벗어나 능동적으로 행동하지
않으면 안 되는 일이 생겨야만 한다. 그리하여 캐릭터는 변화를
이루고 이야기는 클라이맥스로 치닫는다.

캐릭터는 기본적으로 일관되게 행동해야 한다. 그래야 그들이
예외적이고 능동적인 반응을 보일 때 다른 캐릭터와 독자들에게
놀라움을 선사할 수 있다. 이런 자발적인 반응과 성격의 변화는
캐릭터의 깊이를 더하고 갈등에 힘을 실어준다.

잊지 말아야 할 것은 캐릭터가 '비정상적인' 반응을 하려면
먼저 '정상적인' 행동을 보여주어야 한다는 것이다. 이것이 바로
캐릭터 특성이다. Dictionary.com은 특성을 다음과 같이

정의한다. "개인을 다른 사람과 구분 지어주는 성질."

특성은 자랑하고 싶을 만큼 좋은 것일 수도, 숨기고 싶을 만큼 부끄러운 것일 수도 있다. 어떤 캐릭터는 열정적으로 자기 일에 몰두해 훌륭한 성과를 거두고, 어떤 캐릭터는 자기보다 나은 누군가를 질투해 그를 밀어내려는 계략을 세운다.

이러한 행동은 캐릭터들의 특성에서 나오며 성격의 핵심적인 부분이라고 할 수 있다. 캐릭터는 성격적 특성에 따라 히어로로 등극할 수도, 악의 구렁텅이에 빠질 수도 있다.

작가들은 히어로의 특성을 정할 때는 모든 에너지를 쏟아부으며 고심하지만 빌런의 특성은 관습적으로 정하는 경향이 있다. '음하하하' 하고 웃는 진부한 빌런 캐릭터가 반복되는 것도 그래서다.

빌런의 특성에 신경 쓰지 않는 것은 작가의 실수 중에서도 엄청난 실수다. '세상을 멸망시키려는 분노로 가득한' 일차원적인 빌런은 소설을 식어빠진 팬케이크처럼 납작하고 시시하게 만든다. 빌런 캐릭터의 현실성이 떨어지면 히어로 캐릭터도 약해진다.

특성은 긍정적일 수도 있고 부정적일 수도 있다. 부록에 긍정적 특성과 부정적 특성, 중립적 특성의 목록을 실어놓았다. 긍정적인 특성과 부정적인 특성을 정확하게 설정하는 방법에 대한 상세한 지침이 필요하다면 안젤라 애커만과 베카 푸글리시의 『캐릭터 만들기의 모든 것』을 추천한다.

인간은
복잡한 존재

당신이 직장에서 함께 일하는, 두툼한 살덩어리로 이루어진 현실 속 인간들은 수십 가지가 넘는 특성을 갖고 있다. 인간은 복잡한 존재이며, 평생에 걸쳐 다양한 특성을 발달시키고 드러낸다.

그러나 우리는 저마다 좀 더 두드러지는 몇 가지 특성을 지니고 있다. 이것이 성격의 핵심으로, 개인의 일관된 행동을 만든다. 사람들에게 나를 세 단어로 표현해달라고 부탁한다면 나올 특징들이기도 하다.

당신은 진짜다. 하지만 당신의 캐릭터는 진짜가 아니다. 작가의 머릿속에 자리를 잡고 앉아 말을 걸고 때로는 소리를 질러대며 생떼를 부리기도 하지만, 그 목소리는…어디까지나 당신의 상상이다. 그 목소리의 주인공은 현실이 아니라 책장 사이, 책 표지 안에서 살아간다. 나도 안다. 때론 그들이 가짜라는 말이 너무 고통스럽다. 그들은 내 진짜 친구들이니까. 하지만 현실을 직시하자. 우리는 그 캐릭터들이 진짜가 아니며 독자들이 캐릭터를 살아 숨 쉬는 진짜 인간이라고 믿게 만들기 위해 무한한 시간을 쏟아부을 수 없다는 사실을 인정해야 한다.

다행인 것은, 독자들도 소설 속 캐릭터들이 페이지 사이에서 기어 나와 셰익스피어 연극의 배우처럼 소설 내용을 연기하리라 기대하지 않는다는 점이다. 독자들도 소설이 진짜가 아니라는 것을 안다. 단지 현실을 반영하는, 깊이 있는 캐릭터를 원할 뿐이다.

현실적으로, 작가는 빌런을 다양한 특성을 가진 다면적인
인간으로 정확하게 묘사할 여력이 없다. 그러려고 애쓰지 마라.
『전쟁과 평화』 시즌 2를 쓰는 것이 아닌 이상, 결국 흐리멍덩하고
일관성 없고 현실성도 없는 이도 저도 안 되는 빌런 캐릭터가
나올 것이다. 인간의 복잡한 본질을 담아내려 하지 말고
원자폭탄급 위력을 지닌 몇 개의 특성을 부여하라. 그게 더 낫다.

빌런에게 부여할 몇 가지 특징을 선택해서 일관적으로
보여주라. 그러면 깊이 있는 캐릭터를 만들 시간을 벌 수 있다.
빌런이 제대로 소란을 피운다면 히어로는 변화를 결심하고
타성에서 벗어나 행동을 취하게 될 것이다.

그렇다면 빌런은
어떤 특성이 있어야 할까?

캐릭터의 특성을 정하는 것은 작가의 일 중 가장 재미있는
부분이다. 마치 신이 된 기분을 느낄 수 있기 때문이다.

빌런은 등장 시간이 적은 만큼 강렬한 인상을 남겨야 한다.
하지만 그렇다고 해서 처음부터 밑도 끝도 없이 사이코패스
살인마를 보여주라는 뜻은 아니다. 빌런 캐릭터에 어떤 특성을
부여하든 그 특성이 분명하고 확 두드러져야 한다는 뜻이다.
마치 요란한 사이렌을 울리면서 조용한 주택가를 질주하는 빨간
소방차처럼.

빌런은 등장하자마자 그가 어떤 사람인지 독자들이 알 수

있어야 한다. 빌런은 요령이 없고 멍청할 수도 있고, 오만하고 과묵할 수도 있다. 그러나 어느 쪽이든 반드시 일관되게 사악한 특성을 드러내야 한다. 일관성이 캐릭터를 만든다.

빌런에게 세계를 파괴하려는 계획은 없어도 된다. 그저 히어로를 엿 먹이고 싶은 의도만 있으면 된다. 피할 수 없는 경우가 아니라면 (혹은 범죄 소설이라면) 빌런은 꼭 사이코패스일 필요가 없다. 빌런에게 되도록 미묘한 특성을 부여하라. 그래야 더욱더 현실적으로 느껴진다.

그래서 빌런은 대체 어떤 특성이 있어야 하는데?

미안하지만 캐릭터 특성을 선택할 때 고정불변의 법칙 같은 것은 없다. 다만 선택을 도와주는 세 가지 팁을 알려주겠다.

✔ Tip 1: 빌런에게는 부정적인 특성이 적어도 하나 이상 있어야 한다.

오만, 욕심, 권력욕, 비겁함 등 빌런 캐릭터에 부정적인 특성을 최소한 하나, 보통은 두 개를 부여한다.

✔ Tip 2: 긍정적인 특성도 하나 넣으라.

빌런이 현실적으로 느껴지게 하려면 긍정적인 특성 또는 결점을 보충할 만한 특성을 적어도 하나 이상 부여하라. '결점을 보충하는 특성'은 좀 이상하게 들릴 수 있지만 무척 중요하다. 어쨌든 빌런에게도 사랑하는 엄마가 있을 것 아닌가.

✓ Tip 3: 양극성을 염두에 둔다.

히어로와 빌런은 서로 비슷한 특성을 갖고 있을 수도, 서로 정반대의 특성을 갖고 있을 수도 있다. 둘 다 유익한 스토리 전략이므로 이야기에 더 잘 맞는 쪽을 고르면 된다.

반대가
끌리는 이유

왜 히어로는 빌런과 반대되는 특성을 가져야 할까? 그래야 갈등이 생기기 때문이다. 만약 주인공이 매력적이고 요령이 좋은데 빌런은 그렇지 못하다면, 마법처럼 갈등이 만들어지고 자연스레 불편하고 거슬리는 상황이 벌어질 것이다.

만약 빌런과 히어로에게 직접적으로 충돌하는 특성이 있다면 그들은 서로를 마음에 들어 하거나 미친 듯 싫어할 것이다. 마마이트[①]처럼 호불호가 분명해진다. 보수주의자 대 진보주의자, 공화당 대 민주당처럼 히어로와 빌런은 본질적으로 서로 다르다.

---

① 액젓이나 간장과 유사한 맛이 나는 영국의 효모 추출물로, 주로 빵에 발라 먹는다.

반대되는 특성을 지닌 캐릭터들은 목숨을 걸고 치열한 전쟁을 벌인다. 핵심적 특성이 서로 정반대인 빌런과 히어로 사이에서는 아주 사소한 문제로도 싸움이 벌어지기 때문이다.

예시 영화 〈퀸카로 살아남는 법〉

주인공 케이디 헤론은 사하라 이남 아프리카에서 오래 살다 온 특이한 전학생이다. 열린 마음에 친절하고 욕심도 없다. 반면 안타고니스트 레지나 조지는 속물에 자기밖에 모르는 여왕벌이다. 레지나의 전 남자친구는 레지나와는 너무 다른 케이디를 좋아하게 된다. 그리하여 학교의 퀸 자리를 두고 전쟁이 벌어진다.

피터 팬과 후크 선장은 정반대다. 후크는 늙었고 피터는 어린아이다. 후크는 어른이고 고루하며 피터는 미숙하고 유쾌하다. 이렇게 히어로와 빌런에게 정반대의 특성을 부여할 수 있다.

예시 『양들의 침묵』의 한니발 렉터

한니발은 사이코패스 연쇄살인마지만 클라리스에게는 매력적인 신사다. 클라리스는 마성의 힘으로 사람을 압도하는 한니발을 심문하며 내적인 갈등을 겪는다. 독자는 클라리스가 진심으로 그에게 빠진 건 아닐까 하는 생각마저 든다. 주요 캐릭터들에게 정반대의 특성을 부여하면 행동으로 나타나는 외적인 갈등뿐 아니라, 내적인 갈등도 그릴 수 있다.

히어로와 빌런의 성격적 특성이 반대되면 합리적이고 타당해 보이며, 논리적으로 느껴져 독자들에게 편안함을 준다. 그리고 거기서 나오는 플롯은 한밤중에 '맛만 보려고' 아이스크림을 한 숟가락 먹었을 때처럼 짜릿한 맛을 선사한다.

정반대의 히어로와 빌런만큼 효과적인 전략이 또 있다. 바로 히어로와 빌런을 똑같이 만드는 것이다.

똑같지만…
다르게

히어로와 빌런을 '똑같이' 만들 수 있다고?

그렇다. 가능하다.

사실 히어로와 빌런의 특성이 천지 차이일 필요는 없다. 생각해보라. 서로 다른 특성이 빌런이나 히어로를 정의하지는 않는다. 사람을 정의하는 것은 그의 특성이 아니기 때문이다. 사람을 정의하는 것은 상황에 대한 그 사람의 반응과 선택이다. 이 부분은 4단계에서 더 자세히 다루도록 하겠다.

비슷한 두 명의 캐릭터가 똑같은 선택의 갈림길 앞에 섰다면, 그 둘의 차이를 만드는 것은 상황에 대한 행동과 반응일 것이다. 알다시피 빌런은 나쁜 선택을 한다. 히어로는 빌런과 성격이 비슷하더라도 똑같은 상황에서 다른 선택을 함으로써 빌런과의 차이를 드러낸다.

이 둘은 피가 섞이지 않았지만 똑같은 부모 밑에서 왕자로 키워졌다. 형제는 둘 다 거만하고 자신감이 넘치며 왕좌에 대한 욕망이 있다. 겉모습은 크게 다른 두 사람이지만 놀라울 정도로 닮은 점이 많다. 하지만 왕좌를 차지할 기회가 왔을 때, 토르는 오만함을 버리고 자신의 진정한 가치를 증명하려 하지만, 로키는 자만심에 끔찍한 선택을 하게 되고 결국 그렇게도 원하는 왕좌를 잃는다. 히어로와 빌런의 성격이 비슷해도 이렇게 서로 다른 선택을 한다는 점에서 둘의 차이가 두드러진다.

빌런은 욕하면서
정들어야 제맛

최고의 빌런은 욕하면서도 눈길이 간다. 히어로의 연인에게 끔찍한 짓을 저지르고 독자의 마음을 찢어놓지만, 차마 미워할 수 없는 빌런. 이보다 멋진 빌런은 없다. 롤러코스터를 타는 것처럼 감정이 오르락내리락하게 하는 것은 기술이고 예술이며 독자가 독서를 이어나가게 하는 추진력의 연료다.

독자가 빌런에게 공감하고 그의 정신 나간 행동을 잠시나마 이해했다가 퍼뜩 정신을 차리고 그의 광기에 고개를 내젓게 만들어야 한다. 독자가 빌런에게 공감하면 그가 끔찍한 짓을 저질렀을 때 혼란스러운 감정을 느끼면서도 그 상황이 설득력

있게 느껴질 것이다. 하지만 주의해야 한다. 빌런의 본성을
감추되 독자가 속은 기분이 들게 해서는 안 된다. 독자는 속는
것을 좋아하지 않는다. 독자가 빌런에게 공감할 수 있는 장치를
설치하는 한편, 빌런의 '선한 면'에 의심을 품을 수 있도록 씨앗도
심어놓아야 한다. 앞에서 말했듯이 빌런에게도 긍정적인
점이나 결점을 보충하는 특성이 하나는 있어야 한다. '긍정적인
특성=현실성'이다.

아무런 이유 없이 악한 것보다 나쁜 캐릭터는 없다. 세상에
이유 없이 나쁜 사람은 없다. 어린이용 만화도 아니고 그저
나쁘기만 한 과장된 빌런은 곤란하다. 볼드모트처럼 천인공노할
빌런에게도 긍정적인 특성이 있다. 심지어 디즈니 만화영화
빌런들도 결점을 보충하는 특성이 하나쯤은 있다.
아무리 부정적인 빌런 캐릭터라도 긍정적인 특성이 하나쯤은
있어야 한다. 그런 균형에서 현실성과 신뢰성이 나온다.

> **예시** 『해리 포터』의 볼드모트
>
> 톰 리들 시절의 볼드모트는 매력적이고(비록 매력을
> 이용해 사람들을 조종했지만) 빼어난 미남이다.
> 게다가 인내심도 강하고 똑똑하다. 따라서 현재는
> 그가 극악무도한 악당이라 해도, 그의 과거였던 '톰
> 리들'에게는 안타까운 마음을 갖게 된다. 사악한
> 볼드모트가 지닌 인간적인 면은 캐릭터의 깊이를
> 더하고 독자가 공감할 수 있게 해준다. 사람은 누구나
> 나쁘기만 한 것도 착하기만 한 것도 아니므로 빌런 역시
> 그래야 한다.

책의 주제도 중요하다. 주제는 처음과 끝은 물론 그 중간의 모든 것을 거미줄처럼 연결해주어야 한다. 독자들이 히어로를 사랑하는 이유는 책의 주제를 구현하기 때문이다. 반면 빌런은 주제와 반대되는 특성을 나타내야 한다.

> **예시** 『헝거 게임』의 캣니스
>
> 캣니스는 헝거 게임에 나갈(그 게임에 나가면 목숨을 잃을 것이 확실하다) 조공인을 뽑는 추첨식에서 동생 대신 자원함으로써 자기희생이라는 주제를 표현한다. 빌런인 스노우 대통령은 정반대다. 그는 자신이 아닌 다른 사람들을 희생시킨다.

이유뿐만 아니라
도덕관념도 필요하다

빌런: 세상을 파괴하고 싶어.
히어로: 그래, 그런데 왜?
빌런: 그러고 싶으니까.
히어로: 그렇군.

이 대화는 끔찍하다 못해 안쓰럽기까지 하다. 빌런이 세상을 파괴하고 싶다면, 그럴만한 이유가 있어야 한다. '그냥 그러고 싶으니까'는 안 된다. '그냥'을 세상을 파괴할 합당한 이유로 받아들일 사람은 아무도 없다. 세 살짜리도 납득하지 못할 것이다.

현실적으로 사람은 그렇지 않기 때문이다. '그냥'은 빌런 캐릭터를 클리셰 덩어리로 만들뿐이다.

빌런이 '자기만의 논리'를 갖게 하라. 자기 행동에 대한 적절한 이유와 나름의 도덕적인 기준까지 갖춘 빌런은 괴력을 발휘한다. 이런 빌런은 자신이 대의를 위해 옳은 일을 하고 있다고 믿기 때문에 자신을 정당화하며, 목표를 이루기 위해 모든 수단을 동원해 끔찍한 일을 벌인다. 빌런이 나름의 논지를 가지고 있고 무조건 악하기만 하지 않다면 그 빌런을 상대하는 히어로에게도 감정적인 혼란이 생긴다. 빌런도 부하나 반려동물에게 다정할 수 있다. 볼드모트에게는 아끼는 뱀(내기니)이 있다. 엄마, 반려동물, 자식 등 빌런이 자신이 아닌 누군가를 사랑하고 아끼는 모습은 캐릭터에 깊이와 진정성, 복잡성을 더해준다.

빌런의 감정에는
강력한 힘이 있다

'반응=감정'이다. 성격 특성은 사건에 대한 반응을 결정한다. 분노든 좌절이든 상처든, 빌런도 주인공이나 사이드 캐릭터들처럼 감정을 표현해야 한다. 텔레비전에 슬픈 사연이 나올 때마다 눈물을 흘리는 울보로 만들 필요까진 없지만, 감정의 동요가 크지 않고 사소하더라도 여러 감정을 보여야 한다.

만약 빌런에게 부하를 아끼는 긍정적인 특성이 있고, 그로 인해 상처를 받을 수 있다면 이 특성이 갈등의 원인이 될 수 있다.

히어로는 당연히 빌런의 약점을 알아내려 할 것이다. 감정은 플롯을 움직인다. 감정은 과거의 상처와 연결되어 있다. 감정은 약점을 만들고 사각지대를 만든다. 히어로는 빌런의 사각지대를 이용해 그를 물리치거나 감옥으로 보내버릴 수 있다.

히어로는 빌런을 물리치기 위해 희생해야 한다. 하지만 희생이 필요한 건 빌런도 마찬가지다.

예시 **마블 영화의 토르와 로키**

〈토르〉에서 로키의 결함은 아스가르드의 왕이 될 수 있다면 무슨 짓이든 할 수 있다는 것이다. 그는 아버지에게 가치 있는 아들임을 증명하고 싶어 한다. 그럴듯하지 않은가? 그의 결함은 아버지에 대한 사랑이라는 감정에서 비롯된다. 로키가 잘못된 선택을 하고 빌런으로 전락하는 이유는 아버지에게 받은 상처에서 기인한다.

2단계 요약

● 인간은 다양한 면모를 지닌 복합적인 존재지만 평소에는 성격 특성에 따라 일관적이며 예측 가능한 반응을 보인다.

● 우리는 평소 일관성 있게 행동하다가도 어떤 이유로 평소와 다르게 행동할 때가 있다. 그러면 주위 사람들이 '왜 그래?'라며 호기심을 보인다. 캐릭터도 마찬가지다. 캐릭터가 특이한 반응을 보여서 독자의 호기심을 자극하려면, 그전에 미리 캐릭터의 특성과 일반적인 행동을 구축해놓아야 한다.

● 당신이 쓰는 것은 '사실'이 아니라 '소설'이다. 독자들은 소설이 진짜가 아니라는 것을 알고 실제 인간이 등장하리라 기대하지 않는다. 하지만 독자들은 현실을 충분히 반영한 깊이 있는 캐릭터를 원한다.

● 빌런 캐릭터는 다면적인 인간으로 묘사할 시간이 없으니 그러려고 하지 말라. 대신 몇 가지 특성을 일관적으로 보여주면 원자폭탄급의 위력을 낼 수 있다.

● 빌런의 특성을 고르는 세 가지 팁

Tip 1: 빌런에게는 부정적인 특성이 적어도 하나 이상 있어야 한다.
Tip 2: 긍정적인 특성도 하나 넣으라.
Tip 3: 양극성을 염두에 둔다.

● 정반대의 히어로와 빌런만큼 효과적인 전략은 서로 닮은 히어로와 빌런이다.

- 빌런에게 공감할 수 있는 모습을 보여줄 때, 악한 내면에 대한 단서도 심어놓아야 한다.

- 주인공은 주제를 아우르고 빌런은 반反주제를 나타내야 한다.

- 빌런이 '자기만의 논리'를 갖게 하라. 자기 행동에 대한 적절한 이유와 나름의 도덕 기준을 갖춘 빌런은 자신을 정당화하며 괴력을 발휘한다.

생각해볼 질문

● 당신의 장르에서 당신이 가장 좋아하는 빌런을 생각해보라.
그에게 어떤 특성이 있는가? 긍정적인 특성과 부정적인 특성이
균형을 이루는가?

● 당신의 빌런은 무엇을 사랑하는가? 빌런의 결점을
보완하는 특성은 무엇인가? 어떻게 하면 히어로가 빌런의
특성을 이용할 수 있을까?

Step ↦ 3

빌런의 악행엔 이유가 있다

'왜'를
생각해보자

아이들이 처음 배우는 말 중에 이것보다 사람을 미치게 하는 말이 있을까?

"왜?"

'왜'는 지옥의 유황 냄새가 나는 공포의 단어다. '왜'는 아이들이 획득한 엄청난 무기와 같다. 아이들은 '왜'라는 채찍을 철썩철썩 내리치며 공포와 혼란에 휩싸인 보호자의 얼굴을 해맑게 쳐다본다. 게다가 '왜'를 배운 저 작은 야만인들은 제멋대로 의사 결정을 내리고 노골적인 반란을 시도하며 수많은 골치 아픈 문제를 연달아 일으킨다.

아이들은 자신을 포함해 보호자와 반려견, 택배 기사 등 세상의 모든 존재에 '왜'라는 의문을 던진다. '왜'라는 말을 알게 된 아이들은 엄마의 말을 따를 것인지, 자신이 하고 싶은 걸 할지 결정을 내리게 된다. …그런데 아이들의 떼쓰기와 빌런 만들기 사이에 대체 무슨 상관이 있냐고?

이것 조금, 저것도 조금…
짠, 입맛 당기는 빌런 탄생

'왜'는 모든 성격의 근원이다.

'왜'는 작가가 이야기를 만드는 근본적인 이유다.

'왜'는 사람들이 매일 아침 일상을 시작하거나 사랑에 빠지는 것과도 관련 있다.

'왜'는 우리에게 목적, 동기, 목표를 준다.

'왜'는 우리 영혼의 한가운데에 자리하는 동인이며, 행동과 욕망, 야망에 동력을 제공한다. 개인이라는 로켓을 발사할 연료를 만드는 NASA의 연료 양조장이라고 할 수 있다. 당신이 히어로의 동기를 알고 그가 아침에 일어나는 이유도 안다는 것에 내 왼쪽 손목을 건다. 하지만 당신이 빌런의 동기에 대해서는 깊이 생각해보지 않았다는 것에 오른쪽 손목을 마저 건다.

히어로에게 동기가 필요한 만큼 빌런에게도 동기가 필요하다. 오히려 히어로보다 빌런의 동기가 중요하다. 많은 작가가 히어로의 동기를 설정하는 데는 능숙하다. 화장실도 갔다가 점심도 거하게 먹고 포켓몬도 잡으면서 능숙하게 멀티태스킹하며 설정할 수 있다. 근육 빵빵한 몸매로 미녀를 구하거나 세상을 구하거나 어쨌든 좋은 일을 하면 되니까. 간단하다.

하, 뻔하기도 하지.

히어로의 동기는 사실 별로 궁금할 게 없다. 죄다 똑같으니까. 하지만 빌런은…빌런에게는 주인공의 귀를 물어뜯고 그걸 믹서에 갈아 마시고 싶어 하는 그만의 이유가 분명히 있다.

흥미로운 빌런은 반드시 그래야 한다. 빌런에게 실질적인 동기가 있어야만 줄거리에 현실감이 생기고 갈고리처럼 독자들을 낚아채 끝까지 책을 읽게 한다.

만약 당신의 빌런에게 진정한 동기가 없다면 히어로에게도 동기가 없다. 마찬가지로, 히어로에게 진정한 동기가 없다면 빌런에게도 없다. 닭이 먼저인가, 달걀이 먼저인가 문제랄까. 아니, 닭이랑 달걀은 집어치우자. 동기는 최초의 생명체를 탄생시킨 원시시대 유기물과도 같다. 그 유기물이 없었다면 우리는 지금 이 자리에 없었을 것이다. 그만큼 동기는 중요하다.

동기는 이야기 역학이며 구조이자 기둥이다. 동기가 없는 소설은 망한다. 동기에 소홀한 소설이 1위를 할 수 있는 부문이 있다면 '절대 비추천' 목록뿐일 것이다.

빌런과 히어로는
음양의 조화와 같다

만약 빌런에게 심장을 바쳐서 달려나갈 목표가 없다면 히어로도 맞서 싸울 이유가 없다. 그래서 빌런의 동기는 매우 중요하다. 만약 당신의 빌런에게 확실한 동기에 따른 명확한 목표가 없다면 히어로에게도 반격해야 할 이유가 없다.

동기가 없으면 갈등도 없고,
갈등이 없으면 이야기도 없다.

이것은 동전의 양면이며 균형의 스펙트럼이고 음양의 조화다.
히어로와 빌런은 양극단의 대척점에 존재한다. '왜'를 '원인',
'동기'는 '결과'라고 해보자. 빌런의 '왜'는 결과의 원인이다.
'왜'가 없으면 1000페이지가 넘게 써봤자 진부하고 유치한
옛날이야기보다 재미있을 게 없다.

그러면 어떻게 해야 할까? 잠깐만 기다려주길. 아주 잠깐이면
된다. 유니콘이 반짝반짝 빛나는 꼬리를 휙 하고 흔드는 데
걸리는 시간 정도면 충분하다. 원인과 결과는 단순한 공식이나
이론이 아니다. 그것은 인간의 행동을 설명해주는 청사진이고
찬란한 건축양식이다.

(원인+결과)+악한 행동=히어로의 반응

왜+동기=빌런의 행동+히어로의 반응

왜는 동기로, 동기는 행동으로, 행동은 반응으로 이어진다

예시 〈의적 로빈후드〉(1991)의 로빈 후드
로빈 후드는 부자의 재물을 훔쳐 가난한 사람들에게
나눠주는 도둑이다. 이 영화에서 사법관 노팅엄은
왕이 되고 싶어 한다(왜). 그래서 셔우드 사람들을
핍박한다(행동). 결국, 착취당하는 주민들을 보다 못한
로빈 후드가 귀족들의 재물을 훔쳐 가난한 사람들에게
나눠준다(히어로의 반응).

이 시점에서는 아직 동기가 미약하다. 물론 로빈 후드는 셔우드 사람들의 빛나는 히어로로서, 위험을 감수하고 도둑질을 해 어려운 주민들을 돕는 이타적인 행동을 한다. 하지만 사법관이 그가 사랑하는 메리언을 감금하면서 로빈 후드에게는 맞서 싸워야 할 이유가 생긴다.

> **예시** **마블 영화 〈토르〉 시리즈**
>
> 오딘이 요툰헤임에서 버려진 아기 로키를 데려와 양자로 삼지 않았더라면(원인) 로키는 오딘이 자신보다 토르를 사랑한다고 생각하지 않았을 것이다. 열등감 때문에 자신이 훌륭한 아들이자 아스가르드의 다음 왕이라는 사실을 증명하려 들지(결과) 않아도 되었을 것이다.

로키의 동기는 고전적인 빌런의 스토리텔링을 따른다. 그가 느끼는 열등감은 아버지에게 인정받고 싶은 욕구에 강력한 원동력을 제공한다. 결국 그는 욕구에 따라 일련의 잘못된 선택을 내리고, 원하던 것과는 정반대의 길로 가게 된다.

왕관을 쓴 자를 칼로 찌를 때는 그럴 만한 이유가 있어야 한다

모든 행동에는 반드시 이유가 있다. 모든 작가가 새겨야 할 문장이다. 발목? 쇄골? 입술? 어디든 좋다. 손등이면 더 좋다. 글을 쓸 때마다 보일 테니까. 하지만 무엇보다 머릿속에 새겨야 한다. 진짜로 중요한 말인데다 멋있기까지 하니까.

예를 하나 들어보자. 우리는 아이들이 졸라대도 단 음식을 무한정 주지 않는다. 이유는 무엇일까?

ㆍ 다들 그러니까. 옆집 엄마의 비난을 듣고 싶지 않으니까.

ㆍ 단 걸 많이 먹다가 이가 썩으면 안 되니까.

ㆍ 단 걸 많이 먹으면 살이 찌고 건강이 나빠지며 사이코패스가
될 수도 있으니까.

5단계에서 자세히 살펴볼『헝거 게임』의 스노우 대통령은 캐릭터에게 '이유'가 왜 그렇게 중요한지 알려주는 좋은 예시다.

예시 『헝거 게임』의 스노우 대통령

스노우 대통령은 보통 빌런들과 다른 모습을 보인다. (히어로이자 적수인) 캣니스에게 한 방 먹은 후 죽일 기회가 있었지만 죽이지 않는다. 캣니스를 죽이면 여론이 나빠질 수 있기 때문이다. 속으로는 이를 갈지만 이유가 있어서 살려두는 것이다.

프레디 크루거 같은 사이코패스 연쇄살인마라도 빌런의 살인에는 이유가 있다. 크루거의 살인 동기는 복수심이다. 사람들은 '빌런 욕하기'를 좋아한다. 힘든 하루를 마치고 집으로 돌아와 침대에서 뒹구는 것만큼이나 좋아한다. 하지만 빌런에게 제대로 된 동기가 없다면, 독자들은 빌런을 욕하면서까지 좋아할 이유가 없다.

빌런의 이유(동기)는 그의 극악무도하고 유혈 낭자한 행동을 정당화해주어야만 한다. 주인공의 여섯 살짜리 아이를 납치한 빌런에게 그럴듯한 이유가 없다면 캐릭터는 다음 중 하나(혹은 전부)로 전락한다.

- ✓ 클리셰
- ✓ 깊이 없음
- ✓ 비현실적

어느 쪽이든 매력적인 빌런으로서 실격이다. 하지만 빌런의 악행에 이유가 있어야 한다고 해서 그의 동기나 이유를 몇 페이지에 걸쳐 구구절절하게 설명할 필요는 없다.

예시 『피터 팬』의 후크 선장

후크의 동기는 피터에 대한 증오심이다. 하지만 그가 피터를 싫어하는 이유는 피터 때문에 손목이 잘려서 갈고리를 착용하게 되었기 때문이다.

예시 『백설 공주와 일곱 난쟁이』

백설 공주에서 새 왕비는 허영심에 사로잡혀 자신이 세상에서 가장 아름다워야만 한다고 생각한다(왜). 백설 공주가 자신보다 '더' 아름다워지자 위협을 느껴서 죽이려고 한다(동기).

동기=갈등

동기는 갈등을 이끈다. 동기는 캐릭터가 어떤 행동을 하는 이유를 제공한다. 캐릭터가 하게 되는 '그 일'은 보통 갈등으로 이어진다. 동기가 없어도 빌런은 히어로를 공격할 수 있다. 하지만 난데없이 히어로를 공격하는 빌런은 이해되지도 않고 매력적이지도 않다. 그런 빌런이 나오는 소설은 당연히 개연성이 떨어진다.

빌런이 전력을 다해 주인공에게 펀치를 날리는 순간에 "그냥 마음에 안 들어서"라는 이유를 댄다면, 그것만큼 흥미진진한 분위기에 찬물을 끼얹는 일도 없을 것이다. 빌런 캐릭터뿐 아니라 소설 자체가 시시해진다.

동기≠목표

'왜'는 빌런의 비뚤어진 마음을 움직이는 동기로 작용하므로 중요하다. 하지만 목표는 다르다. 목표는 행동을 이끌지 않는다. 목표는 결과다. 빌런이 간절하게 하고 싶거나 이루거나 파괴하고 싶은 '무언가'를 말한다.

목표는 빌런의 계획에서 '무엇을'에 해당한다. 은행을 털어서 1000억 원을 훔치고 싶다. 주인공의 이마에 물방울을 똑똑 떨어뜨리는 고문을 하고 싶다. 이런 것이 바로 빌런의 목표다. 목표는 빌런이 원하는 것이고, 동기는 그것을 원하는 이유다.

사실적인 빌런에게는 동기와 목표가 둘 다 필요하다.

생각해볼 것

✓ 빌런은 무엇을 위해 그 고생을 하는가?

✓ 왜 그것이 그렇게 중요한가?

✓ 빌런의 목표가 어떻게, 언제 히어로의 목표를 가로막는가?

✓ 빌런이 히어로를 어떻게 방해해야 하는가?

✓ 빌런은 목표를 달성할 계획이 있는가?

✓ 빌런은 목표를 달성하기 위해 히어로를 배신해야 하는가?

✓ 빌런은 심복이나 다른 사람의 도움이 필요한가?

 영화 〈에이리언〉

리플리(주인공)의 우주선으로 에이리언이 들어온다.
지구에 도착할 때까지 목숨을 건 싸움이 펼쳐진다.

컬트 영화의 고전 〈에이리언〉을 예로 들어보자. 에이리언과
리플리가 서로를 죽이려고 애쓰는 모습이 영화의 대부분을
차지한다. 그래서 폭발과 화염방사기 가득한 전형적인 액션
영화처럼 보이지만 액션의 이면에는 동기와 목표가 있다.
에이리언은 번식을 위해 인간의 몸이 필요하다(목표). 그것의
동기는 생존이다. 빌런이 액션 영화에 등장하는 외계 생명체일
때도 동기와 목표가 있어야 한다.

빌런과 히어로가
같은 것을 원할 때

히어로와 빌런의 목표는 서로 반대인 경우가 많지만, 꼭 그래야 하는 것은 아니다. 그 틀을 깬 훌륭한 작품도 많다.

> **예시** 마블 영화의 **토르와 로키**
>
> 로키와 토르는 빌런과 히어로의 좋은 모델이다(엄밀히 말해서 로키는 반영웅인데, 반영웅에 대해서는 나중에 좀 더 자세히 살펴보겠다). 둘은 같은 목표를 추구하고 동기도 같다. 그들의 목표는 아스가르드 왕좌이고, 왕이 될 자격이 있다는 것을 아버지 오딘에게 증명하고 싶어 한다.

하지만 그들이 왕좌를 원하는 이유는 서로 다르다. 로키는 자신의 가치를 증명하기 위해 왕좌를 원한다. 그는 자신이 오딘의 친아들이 아니라는 사실을 알고 있고 그로 인해 열등감을 느끼기 때문이다. 토르는 지도자로서 자질이 없다는 아버지의 말에 자존심이 상해서 능력을 증명하고 싶어 한다. 토르는 백성을 위해 왕이 되고 싶어 하고 로키는 자신을 위해 왕이 되고 싶어 한다.

3단계 요약

● '왜'는 만물의 근원이다. '왜'에서 캐릭터의 목적, 동기, 목표가 나온다.

● 빌런에게 진정한 동기가 없으면 히어로도 마찬가지가 된다. 히어로에게 진정한 동기가 없다면 빌런도 마찬가지다.

● 만약 빌런에게 사활을 걸 무언가가 없다면 히어로도 맞서 싸울 이유가 없다. 그래서 빌런의 동기가 중요하다.

● 동기가 없으면 갈등도 없고 갈등이 없으면 이야기도 없다.

● 목표는 빌런이 간절하게 하고 싶은 '무언가', 즉 결과다.

● 빌런의 원인과 결과에 악행을 살짝 추가하면, 히어로는 그에 대한 반응으로 행동에 나선다.

● 히어로와 빌런의 목표는 대부분 반대지만 꼭 그럴 필요는 없다.

● 아무 이유 없이 행동하는 사람은 없다. 프레디 크루거 같은 사이코패스 연쇄살인마일지라도.

● 목표는 빌런이 원하는 것이고 동기는 그것을 원하는 이유다. 빌런에게는 사실적인 동기와 목표가 필요하다.

● 빌런에게 그럴듯한 동기가 없다면 빌런은 다음 중 하나로

전락할 것이다.

- 클리셰
- 깊이 없음
- 비현실적

- 동기는 갈등을 유발한다.

생각해볼 질문

● 당신이 선택한 장르에 히어로와 빌런의 목표와 동기가
똑같은 예가 있는가?

● 동기를 생각나는 대로 최대한 많이 적어보자.

Step ›› 4

빌런의 심리와 캐릭터 아크

빌런에게
진짜 필요한 것

앞에서 작가들의 '히어로 숭배'에 관해 이야기했다. 작가들은 자신이 만든 히어로를 침을 질질 흘리면서 바라본다. 우리는 캐릭터에 깊이를 더하기 위해 히어로에게 풍성한 이야깃거리와 탄탄한 역사를 만들어준다. 그런데 빌런은 이유 없이 무시한다. 그런 빌런 홀대는 당장 멈춰야 한다.

복잡한 배경을 설정한다고 캐릭터에 깊이가 생기는 것은 아니다. 다만 캐릭터의 역사와 그로 인해 만들어진 성격적 특성을 안다면 어떤 상황에서건 더 설득력 있는 반응을 보여줄 수 있다. 굳이 구구절절 배경 설명을 할 필요는 없다.

주인공이나 사이드 캐릭터들의 뒷이야기를 포착하고 싶다면 캐릭터와 인터뷰하듯 질문을 던져보는 것이 좋다. 하지만 빌런에게는 더 깊은 무언가가 필요하다. 그렇다고 여자 빌런이 어떤 색 립스틱을 바르는지 파악하라는 것은 아니다. 그런 건 캐릭터의 정신세계를 파악할 때 별로 도움이 되지 않는다.

성격의 비밀

인간의 수명은 약 3만 일이다. 무려 72만 시간 동안 사랑과 아픔과 상실과 성공 등 많은 경험을 한다. 모든 인간은 경험의 산물이다. 9개월 동안 힘들게 배 속에 품으며 보살핀 결과 아기가 탄생하는 것처럼.

개인의 역사는 개인을 만든다. 어느 비 오는 날, 당신은 우산이 없어 곤란해하는 할머니에게 우산을 건넸다. 그 모습을 지켜본 어느 잘생긴 남자가 다가와 당신을 직장까지 데려다주었다. 이 일을 계기로 당신과 그 남자는 사랑에 빠지고, 훗날 결혼까지 이르게 되었다. 정확히 똑같지는 않아도 분명 비슷한 경험을 한 적이 있을 것이다. 아무튼 요점은, 사람은 자신이 겪어온 경험의 총체라는 것이다.

나는 사람을 틀에 넣어 분류하는 것을 싫어한다. 인간의 성격을 좌우하는 게 본성인지, 아니면 양육 과정의 영향인지에 대해서도 의견이 분분하지만, 소설은 허구이니 틀을 활용해보자. 깊이 있는 캐릭터를 만들려면 복잡성이 필요하다고 하지만, 오히려 단순함이 필요할 때도 있다. 캐릭터 창조의 묘미는 병치에서 오기 때문이다. 예를 들어, 강하고 자신감 넘치는 성인 캐릭터라면 분명 두 가지 중 하나일 것이다.

- 사랑과 지지로 가득한 행복한 어린 시절을 보내서 자신감 넘치는 어른이 되었다.
- 아무도 돌봐주지 않아 스스로 자신을 지켜야 하는 끔찍하고 외로운 어린 시절을 보냈지만 '엿 먹어라 세상아'라는 마음가짐으로 잘못된 길로 빠지지 않고 강하고 자신감 있고 독립적인 사람이 되었다.

영화 〈블라인드 사이드〉의 마이클 오어

마이클의 엄마는 마약중독자였고, 그는 어릴 때부터 혼자 힘으로 사는 법을 배워야 했다. 집 없이 떠도는 등 온갖 시련을 겪던 어느 날, 같은 학교를 다니던 어느 부유한 친구의 엄마가 밤늦은 거리에서 그를 발견하고 집으로 데려간다. 처음에는 삐걱거리지만 그 가족은 결국 마이클을 입양하고 마이클은 세계적인 미식축구 선수로 성장한다.

영혼의 상처는
운명을 좌우한다

나는 수학은 잘하지 못하지만 논리학은 매우 좋아한다. 내가 내린 인생의 명제는 이것이다. 사람에게 가장 큰 영향력을 끼치는 것은, 그 사람의 경험이다. 특히 몇몇 강력한 경험은 평생에 걸쳐 엄청난 영향력을 행사한다. 우리는 대부분 누군가에게 깊은 상처를 받은 경험이 있다. 밤에 자려고 누웠을 때 갑자기 떠올라 이불을 걷어차게 하는 쪽팔린 기억은 어떤가? 첫사랑과 손을 잡았을 때의 느낌이라든가, 그 사람을 봤을 때 심장이 뛰던 느낌도 잊을 수 없다. 바로 이런 것들이 우리의 운명을 좌우하는 경험이다. 그런 경험은 우리의 영혼에 지워지지 않는 흔적을 남기고, 생각하는 방식마저 바꾼다.

　갑작스런 사고로 가까운 사람을 잃거나, 전쟁 중에 다리를 잃거나, 가족의 임종을 미처 지키지 못하는 것…. 이런 것들은 영혼에 깊은 상처를 남기는 경험이다. 부록에 영혼의 상처에 대한 목록을 추가했으니 활용하기를 바란다. 영혼의 상처는 깊을 수도 있고 얕을 수도 있다. 누구나 영혼의 상처가 있다. 빌런도 예외는 아니다. 깊든 얕든, 무슨 이유에서든 영혼의 상처는 흔적을 남긴다. 그 흔적이 바로 빌런의 행동 동기와 '이유'가 된다.

히어로와 빌런의 차이

무엇이 빌런과 히어로를 구분 지을까? 똑같은 환경에서 자란 일란성 쌍둥이도 정반대의 캐릭터가 될 수 있다. 앞에서 예로 든 소설 『레드 퀸』에 나오는 칼과 메이븐은 형제지만 칼은 히어로고 메이븐은 빌런이다. 마블 영화에 나오는 토르와 로키 역시 좋은 예다.

　고백하자면, 나는 통제광control freak이다. 가슴에 커다란 배지를 달고 그 사실을 경고할 수 있으면 좋으련만. 나 같은 통제광들은 자신에게 일어나는 모든 일을 통제할 수 있기를 바란다. 하지만 현실에서는 내 뜻대로 되지 않는 게 더 많다. 정말 뭐 같은 일이지만 어쩔 수 없다. 하지만 인생 멘토들이 입 모아 말하듯 상황은 통제하지 못해도 상황에 대한 자신의 반응은 통제할 수 있다. 빌런도 마찬가지다. 그래서 빌런은 히어로의 반응을 가지고 장난친다.

　경험과 영혼의 상처가 사람을 만들지만, 어떤 사람이 되느냐를 결정하는 것은 경험에 어떻게 반응하느냐다. 인생의 모든 것은 선택에 달려 있다. 우리는 상황에 어떻게 반응할지를 직접 선택한다. 포기하고 운명을 받아들지, 맞서 싸울 것인지 선택할 수 있다.

이런 선택이 두 형제 중 한 명을 히어로로 이끌고 나머지 한 명을 빌런으로 이끈다. 빌런이 힘든 일을 당했을 수는 있지만 그건 히어로도 마찬가지다. 나쁜 경험에 얽매여 자신을 희생자로 규정하고 악의 길을 가는 것은 오롯이 빌런의 선택이다. 자신을 희생자로 만드는 것은 본인의 선택이다.

모든 것은 선택에 달려 있다. 영혼의 상처에 대한 반응으로 악행을 저지를 때 캐릭터는 빌런이 된다. 빌런과 히어로의 다른 점은 그들이 내리는 결정과 선택에 있다. '선하고' '윤리적인' 사람이 된다는 것은 쉽지 않은 일이다. 고통스럽고 자기혐오가 뒤따른다. 빌런은 쉬운 길을 선택한다. 올바른 길을 가는 것보다 쉬운 데다 원하는 걸 더 빨리 손에 넣을 수 있기 때문이다. 하지만 그 선택은 파멸로 가득한 지옥행 편도 티켓과도 같다.

그렇게 빌런이 된다

감정적으로 취약한 상태가 아니라면, 보통 빌런을 악의 길로 이끄는 것은 오랫동안, 여러 번 반복된 영혼의 상처다. 그를 빌런으로 만드는 것은 단 한 차례의 사건이 아니다.

예를 들어, 시험에 떨어지는 건 고통스러운 경험이지만

아인슈타인이 아닌 이상, 누구나 한 번쯤은 실패를 경험한다. 나도 운전면허 시험에 떨어졌다. 그것도 두 번이나! 한 번쯤 겪는 실패는 인생의 교훈을 얻을 기회가 되기도 한다. 하지만 똑같은 시험에 다섯 번 떨어졌거나 여러 시험에 계속 떨어지기만 했다면 그 실패는 다른 흔적을 남긴다. 심리학에서 말하는 '심리적 콤플렉스'가 생기는 것이다.

시험에 계속 떨어지면 자신이 멍청하거나 무가치하거나 무능력하다는 느낌이 들 수 있다. 반복적인 실패로 그런 감정이 계속 쌓이고 마음 속에 단단히 뿌리를 내리면 자신에 대한 인식 자체가 바뀌어 콤플렉스가 생긴다.

⚠️ 주의할 점: 시험이든 다른 무엇이든 계속 실패한다고 무조건 콤플렉스가 생기는 것은 아니다. 여기에서는 빌런의 심리가 어떻게 만들어지는지 살펴보는 것이지 모든 사람에게 일반적으로 해당하는 사실을 이야기하는 것이 아니다.

콤플렉스는 사람의 무의식에 형성되어 미래의 행동, 태도, 생각에 영향을 끼치는 정서적, 신체적 경험의 패턴이다. 시험은 판단의 한 형태다. 누군가의 판단(시험)에 부응하지 못하면 콤플렉스가 생기고 실패의 경험을 외면하고 싶은 욕망이 들 수 있다. 하지만 한편으로는, 콤플렉스가 생겼던 것과는 다른 방식으로 자신을 증명하고 싶어진다. 이것은 중요한 사실이다. 콤플렉스가 있는 사람은 무의식적으로 예전에 실패한 일에 다시 도전한다고 해도 성공할 수 없다는 것을 알고 있으며, 그래서 그와는 다른(때로는 완전히 무관한) 일에 성공하려고 노력함으로써 과잉 보상을 얻어내려 한다.

예를 들면 다음과 같다.

> ✎ 영어 시험에서 떨어짐
> → 스포츠 경기나 미술 대회에서 우승하려고 함
> → 다른 과목에 과도하게 매달림

콤플렉스가 있는 빌런은 다른 사람을 '이기려는' 욕망으로 가득 차 실패를 인정하지 않으려고 한다. 당연히 자기보다 나은 존재가 있다는 사실도 인정하지 못한다. 소설에서 그 존재는 보통 주인공이다.

빌런이 히어로를 이기려고 애쓰는 바탕에는 자기 자신을 증명하려는 욕구가 있다. 어떤 빌런은 성공 자체에 대한 간절함이 주인공을 이기고 싶은 욕구보다 더 크다. 하지만 이런 설정에서도 주인공과 빌런은 서로 대립하며 갈등이 생긴다.

빌런을 지배하는 것은 콤플렉스를 정당화해야 한다는(히어로를 파괴해야 한다는) 욕구다. 이 욕구는 눈덩이처럼 불어나 결국 히어로를 이기기 위해서라면 무슨 일이든(어떤 대가를 치러야 하든) 할 수 있는 상태가 된다. 안타깝게도 빌런은 정말 어리석고 잘못된 선택을 내리게 된다.

그렇다면 무엇이 나쁜 선택이고 빌런은 어떤 종류의 나쁜 선택을 내릴까? 히어로의 나쁜 선택과 빌런의 나쁜 선택에는 어떤 차이가 있을까?

스카는 정글의 왕 무파사의 동생이다. 왕이 되고
싶은 스카는 일련의 나쁜 선택을 하게 된다. 결국 그
선택으로 죽음에 이른다.

- 나쁜 선택 1: 스카는 심바(무파사의 아들이자 자신의 조카)를
  속여 위험한 행동을 하게 한다.
- 나쁜 선택 2: 스카는 무파사를 구하지 않고 죽음에 이르게 한다.
- 나쁜 선택 3: 스카는 심바가 프라이드 랜드를 떠나게 한다.

하지만 스카를 죽음에 이르게 한 두 가지 결정은, 하이에나들을
프라이드 랜드에 들인 것(결국 하이에나들에 의해 최후를
맞이한다)과 심바와 그의 친구들을 과소평가한 것이었다. 특히
후자는 빌런들이 흔히 저지르는 실수다.

빌런의 동기를 정당화하라: 콤플렉스의 근원 찾기

콤플렉스의 기원을 찾는 것은 보통 일이 아니다. 말 그대로
복잡한complex 데다 콤플렉스의 근원은 다양하기 때문이다.
영혼의 상처 특히 실패, 괴롭힘, 학대, 입양(〈오스틴 파워〉의 닥터
이블), 고아원에 버려진 사실(『해리 포터』 시리즈의 볼드모트)과
같은 부정적인 상처는 콤플렉스의 원인이 된다.

긍정적인 경험도 콤플렉스에 기여할 수 있다. 어머니에게서 사랑받는 긍정적인 경험을 했지만, 연애 전선에서는 계속해서 거절당하고 실패한다면, 역시 콤플렉스로 발전할 수 있다. 이때 캐릭터는 자신을 사랑해줄 사람은 오직 어머니밖에 없으며, 자신은 타인에게 사랑받을 자격이 없다는 '거짓'을 믿게 될 것이다. 『피터 팬』의 스미나 『전쟁과 평화』의 돌로코프 등 마더 콤플렉스가 있는 빌런은 무척 많다.

빌런에게 영혼의 상처를 설정하고 그 상처를 계속 확인하는 경험을 하게 하라. 거절에 대한 두려움이 있다면? 수없이 거절당하게 하라. 사랑받지 못하는 것에 대한 두려움이 있다면? 거듭해서 사랑받지 못한다고 느끼게 하라. 이런 상태에서 히어로가 등장하면 마법이 일어난다. 히어로는 빌런이 간절하게 원하는 것을 (일부러든 우연히든) 갖고 있어야 한다.

 『해리 포터』의 톰 리들(볼드모트)

톰 리들은 부모에게 사랑받지 못했고 고아원에 버려졌으며 입양도 되지 못했다. 업보와 소설적인 우연에 의해 해리는 볼드모트가 원하는 것을 가졌다. 해리는 부모에게 사랑받았고 부모는 그를 위해 희생하기까지 했다. 볼드모트는 그 희생으로 일시적인 죽음에 이르렀고 이것은 고아인 그에게 엄청난 고통을 남긴 사건이었다.

히어로는 빌런이 원하는 것을 빼앗고 그걸 이용해 빌런을 물리친다.

빌런도 캐릭터 아크가
필요하다

히어로만 캐릭터 아크가 필요하다는 생각은 틀렸다. 그거야말로
아주 잘못된 고정관념, 반쯤 먹은 초콜릿 바에서 바퀴벌레 반쪽이
나온 것만큼이나 충격적으로 잘못된 고정관념이다. 소설에
나오는 모든 등장인물은 줄거리가 진행되는 동안 여정을 떠난다.
모든 사이드 캐릭터와 카메오에게까지 완전한 캐릭터 아크를
만들어줘야 한다는 말은 아니지만, 빌런에게는 그래야만 한다.
히어로와 빌런의 캐릭터 아크를 차별화하는 가장 쉽고 간단한
방법은 서로 정반대로 만드는 것이다.

아래 그래프를 그대로 받아들이지는 말기 바란다. 이것은

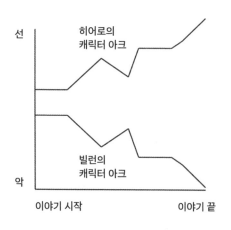

'완벽한' 캐릭터 아크를 보여주려는 것이 아니라 설명을 위한
가상의 예시일 뿐이다. 중요한 것은 캐릭터 아크가 스토리와
타임라인에 맞아야 한다는 것이다. 히어로의 캐릭터 아크가 상향
경로이면 빌런은 하향 경로를 그려야 한다.

캐릭터 아크는 이야기 속에서 캐릭터가 떠나는 내적 여정이다.
캐릭터 아크는 캐릭터 내면의 변화를 나타낸다. 이야기가 시작된
후로 캐릭터는 여러 경험을 하고 성장을 거침으로써 처음과는
달라진 모습을 보이게 된다.

왜 빌런의 캐릭터 아크가
중요할까?

캐릭터 아크는 이야기에 속도와 갈등, 훌륭하게 뒤엉킨
플롯을 제공한다. 더 중요한 건 캐릭터 아크가 빌런의
깊이감을 더해준다는 점이다. 당신이 범죄 소설을 쓰고 있고,
연쇄살인범이나 '무조건 악하기만 한' 빌런을 만드는 게 아니라면,
빌런에게는 '악한 사람으로 변하는 과정'이 있었을 것이다. 그의
성격 또한 대체로 부정적이지만 긍정적인 부분도 조금은 있을
것이다.

줄거리가 히어로에게 유리한 쪽으로 전개될수록 히어로를
'이기고자' 하는 빌런의 욕망도 커진다. 히어로와 빌런의 캐릭터
아크는 보통 서로 정비례한다. 히어로가 성공하기 시작하면
빌런은 성장하는 히어로를 이기려고 (또는 억누르려고) 점점 더

나쁜 선택을 내린다. 독자는 빌런의 여정을 함께하면서 빌런에게 얼핏 인간적인 모습을 보고 나쁜 타이밍과 나쁜 선택, 불운의 결과로 파멸하는 모습을 지켜본다. 마찬가지로 독자는 캐릭터 아크가 확실한 히어로를 사랑하게 된다.

예시 〈라이온 킹〉의 스카

심바가 사랑받을수록 스카의 불만은 커져간다. 무파사가 심바의 편을 들고 도와주려 할수록 스카의 질투와 증오심은 깊어진다. 나중에 어른이 된 심바가 더 강해지고 자신감도 커진 모습으로 돌아오자 스카는 점점 더 나쁜 선택을 내리게 된다. 결국 스카는 심바와의 대결에서 패배하고 최후를 맞이한다.

빌런의 캐릭터 아크 분석하기

그런데 빌런의 캐릭터 아크는 어떻게 만들어야 할까? 앞에서 말했듯이 미치지 않고서야 사람들(빌런 포함)이 어떤 행동을 하는 데는 반드시 이유가 있다. 특히 잔인한 행위는 그렇다. 빌런이 무고한 사람을 죽이는 이유는 그것이 옳은 일이라고 믿거나 정당화할 수 있는 행동이라고 생각하기 때문이다.

빌런은 어쩌다가 그렇게 잘못된 것을 사실이라고 철석같이 믿게 된 것일까? 많은 이유가 있겠지만, 그의 삶과 콤플렉스가 가장 강렬한 이유다. 빌런은 거짓을 믿게 되는 것은 물론 그

논리에 갇혀버린다. 믿음이 너무 강해져서 반증은 받아들이지 않고, 자신의 믿음이 옳다는 것을 증명하려고 한다.

하지만 소설의 초반에는 빌런의 믿음이 틀린 것으로 증명되지 않는다. 빌런이 믿는 거짓에 대한 증명은 보통 클라이맥스 직전에 일어난다. 히어로는 대부분 성장하는 캐릭터이고 성찰과 반성을 할 줄 알기 때문에 자신이 믿어왔던 게 거짓임을 깨달으면 반성하고 변화한다. 하지만 빌런은 다르다. 빌런은 극단적인 경향이 있기 때문에 자신의 믿음이 틀렸다는 것을 인정하느니 모든 걸 걸고 싸움에 나선다. 잃을 것이 없어진 빌런은 매우 위험하다.

 토르가 믿는 거짓

토르는 자신이 오딘의 아들이므로 정당한 아스가르드 왕위 계승자라고 믿는다. 하지만 오딘은 그에게 깨우침을 주려고 토르의 망치 묠니르에 주문을 건다. 가치 있는 사람만이 묠니르의 주인이 될 수 있다. 토르의 믿음(나는 오딘의 아들이므로 가치 있는 사람이다)은 망치를 되찾으려고 쉴드에 쳐들어간 토르가 망치를 들지 못하면서 거짓으로 밝혀진다.

묠니르에 걸린 주문을 알게 된 토르는 오만한 태도를 버리고 스스로 변하지 않으면 게임 끝이라는 사실을 깨닫는다. 토르는 자존심을 버리고 다른 사람을 위해 희생할 줄 알아야 진정한 왕이 된다는 것을 배운다. 결국, 그는 자신의 가치를 증명하고 망치를 들어 그동안 믿었던 거짓을 깬다.

예시 로키가 믿는 거짓

같은 영화에서 로키는 오딘이 토르를 편애한다는
생각으로 토르를 질투하며 자란다. 로키는 스스로
열등한 아들이라고 생각한다. 로키가 믿는 이 거짓은
오딘이 토르의 대관식에서 로키가 아들로서도
왕으로서도 자격이 없다고 단언함으로써 다시 한번
확인되었다.

로키는 오딘이 아스가르드와 서리 거인들의 전쟁 때 그를
요툰헤임에서 데려와 양자로 삼았다는 사실을 알게 됨으로써 이
거짓 믿음을 구축하는 데 필요한 마지막 증거를 발견한다. 오딘은
로키가 친아들이 아니라고 밝히고 깊은 잠에 빠진다. 그 후
로키는 자신의 가치를 증명하기 위해 일련의 나쁜 결정을 내린다.
마침내 깨어난 오딘은 로키가 한 일을 전부 못마땅하게 생각한다.
그것이 로키의 거짓 믿음에 못을 박는 역할을 한다. 이제 그는
자신이 가치가 없다는 거짓말을 절대적인 사실로 받아들인다. 그
결과 로키는 왕관, 아버지, 가족 등 소중한 모든 것을 잃게 된다.
　영화 후반부에서 로키는 우주의 나락으로 떨어지며 죽은
것처럼 보이지만 마지막 장면에서 돌아온다. 관객들은 이제 잃을
것이 없는 그가 토르에게 엄청난 보복을 할 것임을 알 수 있다.

요약
• 로키의 콤플렉스는 거짓 믿음의 기초를 이루고 그 거짓
믿음은 입양이라는 상처에서 나왔다.
• 로키는 아버지가 토르를 더 사랑한다는 생각 때문에 열등감이

생겼다.
- 결국 그는 자신이 오딘의 아들이자 아스가르드의 왕으로서 가치가 없다고 믿게 된다.
- 그는 열등감 때문에 토르를 속여 계속 지구에 남게 한다.
- 결과적으로 오딘이 로키를 못마땅하게 여기고 토르의 편을 들면서 자신은 가치 없는 존재라는 로키의 거짓 믿음은 더욱더 공고해진다.

거짓 믿음을 두고 히어로와 빌런의 차이가 있다면, 히어로는 거짓 믿음을 깨버리는 반면, 빌런은 거짓 믿음에 동의한다는 점이다. 거짓 믿음은 히어로의 캐릭터 아크를 추진시키는 가장 중요한 플롯 장치 중 하나다. 빌런도 마찬가지다. 이 요소들을 잘 합치면 자다가도 떡이, 아니, 훌륭한 빌런 캐릭터가 생긴다.

거짓 믿음이 캐릭터 아크에 효과적인 이유는 캐릭터가 진실을 깨닫도록 도와주기 때문이다. 결국 캐릭터는 무언가를 배우고 내적 성장을 이룬다.

나는 지나친 단순화가 싫다. 그 무엇도 겉으로 보이는 것처럼 단순하지 않기 때문이다. 특히 빌런 캐릭터는 미묘함이 살아 있을 때 매력적이다! 하지만 단순함이 빛을 발할 때도 있는 법이다. 캐릭터 아크와 깊이, 거짓 믿음이라는 단순한 공식으로도 충분히 빌런 캐릭터를 만들 수 있다. 빌런의 공식은 다음과 같다.

영혼의 상처+부정적인 특성=콤플렉스
(콤플렉스는 빌런의 거짓 믿음과 나쁜 선택의 기반)

빌런의 근원을
찾는 질문

빌런 캐릭터의 취미, 좋아하는 색깔, 즐겨 피는 담배, 반려
토끼의 이름 같은 상세한 것까지 설정하기보다 깊고 의미
있는 질문을 던져보자. 상담심리사처럼 캐릭터의 가장 어두운
부분을 구석구석 살펴보고 감정과 가치관,사고 패턴의 핵심으로
들어가는 것이다.

질문 예시
- 빌런이 기꺼이 목숨을 바칠 만한 대상이 있는가?
- 사랑에 대해 어떻게 생각하는가?
- 사랑에 빠진 적이 있는가?
- 누군가를 사랑할 수 있는 사람인가?
- 그에게 성공이란 무엇인가?
- 긍정적인 영혼의 상처는 무엇인가?
- 부정적인 영혼의 상처는 무엇인가?
- 최악의 기억은 무엇인가?
- 가장 행복했던 기억은 무엇인가?
- 그가 두려워하는 것은 무엇인가?
- 그의 가장 깊은 소망은 무엇인가?
- 그의 부정적인 특징은 무엇인가?
- 그의 긍정적인 특징은 무엇인가?
- 그가 이룩한 가장 큰 업적은 무엇인가?

- 다른 사람을 위해 희생한 적이 있는가?
- 그의 삶에서 가장 중요한 사건은 무엇인가?
- 그가 자랑스러워하는 것이 있는가?
- 그가 부끄러워하는 것이 있는가?
- 지금까지 한 일 중 가장 나쁜 일은 무엇인가?
- 부모님과의 관계는 어떤가?
- 어린 시절은 어땠나?
- 세상에 대해 어떤 잘못된 인식을 가지고 있는가?
- 어떤 거짓 믿음이 있는가?

4단계 요약

- 캐릭터 행동의 근원과 원인을 이해하면 캐릭터에 깊이가 생긴다.

- 경험보다 인생에 강력한 영향을 주는 것은 없다.

- 영혼의 상처는 우리를 더 좋거나 더 나쁘게 변화시킬 수 있는 근본적인 경험이다. 영혼의 상처는 우리의 행동, 생각, 의사 결정에 영향을 준다.

- 영혼의 상처는 빌런의 동기를 발전시키는 훌륭한 원천이다.

- 모든 것은 선택에 달려 있다. 경험과 영혼의 상처에 어떻게 반응하느냐가 어떤 사람이 되느냐를 좌우한다. 빌런과 히어로의 차이는 그들이 내리는 결정에 있다.

- 감정적으로 취약한 상태가 아니라면, 보통 영혼에 상처를 입히는 것은 오랫동안 반복되거나 장기간 이어진 경험이다. 누군가를 빌런으로 만드는 것은 단 한 차례의 사건이 아니다.

- 콤플렉스는 사람의 무의식에 형성되어 미래의 행동, 태도, 생각에 영향을 끼치는 정서적, 신체적 경험의 패턴이다. 그것은 부정적인 감정에 대항하기 위한 보호 메커니즘이기도 하다. 콤플렉스는 빌런의 의사 결정에 영향을 미쳐 나쁜 선택을 하도록 이끌기도 한다.

- 빌런의 거짓 믿음이 잘못되었음을 증명해야 한다.

- 히어로는 빌런이 원하는 것을 갖고 있어야 한다.

- 히어로와 빌런의 캐릭터 아크는 정반대가 되도록 한다.

- 캐릭터 아크는 소설 속의 이야기가 전개되는 동안 캐릭터가 거치는 내면의 여정이다.

- 빌런은 일단 거짓 믿음이 확인되면 잃을 것이 없어져서 히어로에게 매우 위험한 존재가 된다.

- 히어로와 빌런 모두 '거짓'을 믿을 수 있다. 히어로는 결국 자신의 거짓을 꿰뚫어보고 믿음을 깨버리는 반면 빌런은 자신이 믿는 거짓에 매달린다.

- 영혼의 상처+부정적인 특성=콤플렉스(콤플렉스는 빌런의 거짓 믿음과 나쁜 선택의 기반)

생각해볼 질문

● 부록에 수록된 영혼의 상처 말고도 큰 상처를 남길 수 있는
경험에는 뭐가 있을까?

● 당신이 쓰는 장르에 나오는 빌런들에 대해 생각해보자.
그들에게는 어떤 종류의 콤플렉스가 있는가?

Step ›› 5

놓쳐선 안 될
빌런의
핵심 요소

빌런은 꼭
공포스러워야 할까?

내가 영화 〈엑소시스트〉를 처음 본 건 아홉 살 때였다. 분수처럼 발사되는 구토 때문이었을까, 어설픈 분장 때문이었을까, 별다른 감흥이 없었다. 회의적이고 건방진 어린아이였던 나는 좀처럼 눈이 휘둥그레지는 일이 없었다. 어린 시절 나로 말할 것 같으면 모든 것에 시큰둥하고 그 무엇도 무서워하지 않는 '무적'이었다. 거만한 멍청이기도 했고.

어른이 된 지금은 다르다. 초현실적인 존재가 있을 수 있다는 걸 안다. 상상력이 날카로워져서 무서운 영화와 책, 이야기에 큰 영향을 받는다. 무서운 이야기를 읽고 나면 불을 절대로 끄지 않고 하키 스틱을 옆에 두고 잔다. 중세 시대 쇠도리깨가 있으면 더 좋을 텐데.

하지만 이건 공포에 관한 얘기고, 이 책은 공포가 아니라 빌런 캐릭터에 관한 책이다. 무서운 빌런을 만들기 위해 꼭 공포를 자극할 필요는 없다. 잘 다듬어서 신뢰성과 사실성을 갖추기만 하면 된다. 이 두 요소가 없으면 아무리 무서운 공포 요소라도 그냥 쓰레기통에 버려야 한다. 독자들이 건방진 아홉 살짜리처럼 악평만 주야장천 남길 테니까 말이다. 그렇다면 빌런을 그럴듯한 캐릭터로 만들기 위해 필요한 건 무엇일까?

신뢰성이란
무엇인가?

신뢰성이란 단어를 사전에서 찾아보면 '믿고 의지할 수 있는
성질'이라는 설명이 나온다. 사실성은 '사물을 있는 그대로
그려내려고 하는 특성'이라고 설명되어 있다. 이런 대담한 뜻에
작가들은 주눅이 들 수밖에 없다. 하지만 두려워하지 말라. 아주
단순한 공식으로 설명이 되니까.

신뢰성+사실성=그럴듯한 빌런 캐릭터

신뢰성은 점점 쌓이는 것이고, 개인의 가치관이 그 기반을
이룬다. 당신은 히어로에게만 가치관이 필요하다고 생각할지도
모르지만 틀렸다. 그런 생각은 버려라.

다음 얘기로 넘어가보자. 가치는 쓸모 있거나 중요한 무언가를
말한다. 할머니가 애지중지하는 가족 앨범 같은 감상적인 가치를
말하는 게 아니다. 개인적인 가치관을 말한다. 우리가 죽을 때까지
믿고 따르는 내면의 진리 말이다. 예를 들어 '타인에게 친절해라'
'의리를 지켜라' '어려운 노인을 도와라' 같은 것 말이다. 당신의
가슴 한가운데에는 어떤 가치관이 있는가?

으레 가치관은 긍정적인 것으로 여겨진다. 가치관은 새하얀
티셔츠를 입은 백마 탄 왕자 클라크 켄트와 더러운 길거리 범죄자
루시퍼를 구분해준다. 하지만 '가치=선하다'라는 틀에 박힌
가정 때문에 소설가들은 가치관을 빌런의 레퍼토리에서 제외해

캐릭터의 깊이를 잃는 일이 허다하다. 그것은 엄청난 실수다. 모든 사람에게는 가치관이 있기 때문이다. 심지어 빌런이라도 말이다.

빌런과 가치관

빌런 캐릭터에 가치관을 부여하는 방법은 두 가지가 있다.

- 긍정적인 가치관을 나쁜 방법으로 실행
- 부정적인 가치관

긍정적인 가치관을 나쁜 방법으로 실행하는 첫 번째 경우를 살펴보자. 충성심을 중시하는 빌런을 생각해보자. 누군가 자신이 중요하게 여기는 가치를 깨뜨렸을 때(충성심을 버렸을 때) 취하는 행동이야말로 빌런의 본성을 보여주고 캐릭터를 더더욱 흥미롭게 만든다.

> **예시** 『해리 포터』 시리즈의 볼드모트
> 볼드모트는 충성을 중시하는 빌런의 전형적인 예다. 추종자들에게 어둠의 징표로 낙인을 찍고 마음이 바뀌어 떠나려는 이를 죽이기까지 한다.

> **예시** 『양들의 침묵』의 한니발 렉터
> 한니발 렉터가 가장 중요시하는 가치는 매너다. 그는 다른 수감자가 클라리스의 얼굴에 정액을 던졌을 때

무척 분노한다. 그가 클라리스를 도와주게 된
이유이기도 하다. 그가 중요하게 여기는 가치가
깨지면서 줄거리가 진행된다.

모든 사람에게는 가치관이 있다. 빌런도 마찬가지다. 자신이 믿는
가치가 위협을 받거나 깨졌을 때 보이는 행동이 그가 히어로인지
빌런인지를 결정한다. 이 규칙에는 한 자기 예외가 있는데, '순수
악'이라고 할 수 있는 빌런의 경우다. 영화 〈할로윈〉 시리즈의
마이클 마이어스나 브렛 이스턴 엘리스가 쓴 『아메리칸
사이코』의 패트릭 베이트먼이 대표적인 예다. 마이어스는 재미로
살인을 저지르는 사이코패스고, 베이트먼은 분노와 좌절 때문에
살인을 저지른다. 하지만 모든 연쇄살인범이 이들과 같지는 않다.

예시 〈나이트메어〉의 프레디 크루거

프레디 크루거는 복수에 가치를 둔 빌런이다. 프레디는
어린이들을 연쇄적으로 살해하고 붙잡히지만 정신
이상자라는 이유로 풀려난다. 이에 분노한 희생자
부모들이 크루거를 쫓는다. 그들은 보일러실에 갇힌
크루거를 불에 태워 죽이려 한다. 얼굴에 화상을 입은
크루거는 복수심을 불태우게 된다.

크루거라는 캐릭터가 신뢰성이 있는 이유는 복수라는 그의
가치가 신빙성 있고 사실적이기 때문이다. 만약 누군가가 당신의
얼굴에 돌이킬 수 없는 화상을 남긴다면 당연히 화가 날 것이고
옳든 그르든 복수하고 싶을 것이다.

핵심 가치

부록에 가치 목록을 수록했으니 한번 살펴보기를 바란다.
빌런에게 한번 부여한 가치관은 계속되어야 한다. 가치는 성격
특성과 마찬가지로 캐릭터가 일관된 행동을 하게 하는 기반이다.

빛나는 갑옷을 입은, 짜증 날 정도로 멋지고 늠름한 동화 속의
기사를 생각해보자. 끊임없이 사람들을 구해주는 모습은 그가
생명을 소중히 여기고 매너를 중시한다는 것을 말해준다. 생명의
소중함+매너=일관된 행동(사람들을 구해줌).

가치는 우리가 가장 중요하게 생각하는 비물질적인 무언가다.
가치는 믿음이고 신념이며, 내가 누구인지 정의하는 요소다.
당신이 강하게 믿는 무언가는 당신의 한 부분이 된다. 그렇기에
사람은 자신이 중시하는 가치를 위해서는 죽음도 불사하고
싸우게 된다. 내가 중시하는 가치를 깨뜨린 사람에게 매운맛을
보여주고 싶기 때문이다.

히어로의 가치 vs
빌런의 가치

 『헝거 게임』의 주인공 캣니스 에버딘

캣니스는 무엇보다 가족을 중시한다. 캣니스는 소중한
여동생을 지키기 위해 조공인 추첨 때 여동생을 대신해
자원한다(정부는 각 구역에서 조공인이라는 이름으로

아이들을 뽑아 마지막 한 명만 남을 때까지 서로
싸우게 한다). 여동생을 대신해 죽음을 감수할 만큼
캣니스에게는 가족이 소중하다.

예시 **『헝거 게임』의 빌런 스노우 대통령**

스노우 대통령은 독재국가 판엠의 대통령이다. 그는
캐피톨 주민들에게는 유흥을 제공하고, 나머지 구역
주민들에게는 공포를 심어주기 위해 헝거 게임이라는
텔레비전 리얼리티 쇼를 중시하고 엄격하게 시행한다.

스노우 대통령은 헝거 게임을 즐기는 빌런의 모습을 보여주지만,
그에게도 굳건히 지키는 두 가지 가치가 있다. 하나는 자신의
목적을 위해서라면 살인도 할 수 있다는 것이고, 다른 하나는
항상 진실을 말한다는 것이다.

빌런의
진정성이란?

진정성은 가치 또는 도덕적, 윤리적 원칙을 고수하는 것을 말한다.
일종의 도덕적 정직함이라고 할 수 있다. 가치와 마찬가지로
진정성은 히어로의 특징이라고 오해되곤 한다. 하지만
히어로뿐만 아니라 빌런에게도 진정성이 있을 수 있다. 빌런이
끔찍한 일을 저지르면서까지 자신의 가치관을 고수할 때, 진정성이
생긴다. 진정성은 캐릭터에 신뢰성과 사실성을 부여한다.

스노우 대통령은 살인에는 목적이 있어야 한다고
믿는다. 헝거 게임은 그가 생각하는 정당한 목적이다.
스노우 대통령은 오직 단 한 명의 우승자만
살아남는다는 헝거 게임의 규칙을 고수한다. 그러나
게임에서 둘만 살아남은 캣니스와 피타가 함께
자살하려고 하자 둘 다 살려준다. 우승자가 한 명도
없는 것보다 두 명인 쪽을 선택한 것이다. 캣니스와
피타를 살려주기는 했지만 스노우 대통령은 분노하고
캣니스는 그의 숙적이 된다.

스노우 대통령의 가치관은 잘못되었지만 그래도 가치관이다.
그는 스스로 가치 있다고 생각하는 기준에 따라 행동하므로
진정성 있다고 할 수 있다. 그는 캣니스가 배신했을 때도 죽여야
할 이유가 없기 때문에 죽이지 않는다.

마치 보리와 홉으로 맥주를 양조하듯, 진정성은 신뢰성과
정직성에서 나온다. 그리고 진정성에서 진심 어린 인간성이
나온다. 당신의 빌런은 진정성이 있어야 한다. 그래야만 믿을
만하고 사실적인 빌런이 된다. 당신이 존경하는 사회 리더나
선도적인 작가, 과학자가 있다면 떠올려보라. 그들은 분명 진정성
있는 사람일 것이다(내 한 달 치 수입을 걸어도 좋다). 가장 진실한
사람만이 그 자리에 올라갈 수 있기 때문이다.

당신의 빌런은 어떤 집단의 리더인가? 진정한 리더는 힘들거나
고통스럽더라도 하겠다고 한 일을 실행에 옮긴다. 그게 바로 빌런이
해야 할 일이다. 특히 주인공을 고문하거나 히어로가 사랑하는
사이드 캐릭터를 한두 명 죽이는 일이라면 더더욱.

스노우 대통령은 자신을 따르지 않는 캣니스를 죽일 수도
있었다. 그는 캣니스를 죽이고 싶었지만 원래의 목적을
달성하는 일도 아니었고(따라서 그의 가치관에 어긋났다)
여론에도 불리할 터였다. 그래서 입술을 꾹 깨물고
캣니스를 살려주는 어려운 결정을 내린다. 이런 행동은
그를 인간적이면서 사실적인 캐릭터로 느끼게 한다.

가치관과 신념을 고수하면 아무리 어두운 빌런 캐릭터라도
진실하게 느껴진다. 가치관과 신념을 끝까지 지키지 않는 빌런은
약해 보일 수밖에 없다.

빌런도
프로여야 한다

히어로는 대부분 프로다. 칼싸움부터 법률 지식까지, 종류가
무엇이든 전문적인 지식과 기술을 갖고 있다. 많은 작가가
간과하는 것은 히어로만이 아니라 빌런도 프로여야 한다는
점이다.

　여기서 말하는 전문가는 꼭 청소용 세제로 폭발물을 만들거나
하얀 가운을 입고 수상한 실험을 하는 사람을 말하는 것이
아니다. 전문 지식이 있고, 탁월한 능력이 있다면 전문가라 할
수 있다. 어떤 능력인지는 별로 중요하지 않다. 중요한 건 빌런이

히어로보다 뛰어나야 한다는 것이다.

그게 왜 중요할까? 그래야만 히어로가 빌런을 이기기 어려워지기 때문이다. 빌런은 이기기 어려워야 한다. 그래야만 줄거리에 충분한 긴장감이 생겨 독자의 흥미를 끝까지 붙잡을 수 있다.

만약 빌런이 이기기 쉬운 상대라면, 히어로에게 충분한 시련을 주지 못한다. 이기기 어려운 빌런은 히어로를 고문하고 그가 간절히 원하는 것을 손에 넣지 못하게 방해할 수 있다. 지적이고 전문적인 빌런은 히어로보다 두 발 앞서가기 때문에 무적의 존재로 보인다. 특히 히어로가 모든 자원을 빼앗겼다면 더더욱 그렇다. 사람들은 상냥하고 빛나는 금발 기사가 약자(언더독)일 때 더 큰 애정을 느낀다. 처음부터 끝까지 이기기만 하는 히어로는 아무도 좋아하지 않는다.

빌런과 히어로의 대결은 극단적이고 위험하며 생명을 위협해야 한다. 그렇지 않으면 당신의 소중한 독자들은 너무 심심한 나머지 혼수상태에 빠질 것이다. 소설의 85퍼센트 지점까지 빌런은 무적으로 보여야 한다. 히어로에게 희망을 주는 요소는 모두 빼앗으라. 그런 다음 짜잔! 히어로에게 마법의 등불 같은 존재가 되어주는 캐릭터를 등장시키고, 마침내 히어로가 빌런의 얼굴에 멋진 발차기를 날려 파멸로 몰고 가도록 하라.

누구나 비밀이 있고,
누구나 거짓말을 한다

누구나 거짓말을 하지만 빌런의 비밀과 거짓말은 유리처럼
투명해야 한다. 투명한 비밀이라니 엄청난 모순처럼 들릴 것이다.
어떤 면에서는 정말로 그렇다. 하지만 그렇지 않기도 하다.
빌런은 비밀이 있어야 하고 거짓말을 해야 하지만 그 점에 대해
투명해야만 한다.

독자들은 당신의 빌런이 뭔가를 숨기고 있다는 사실을 알고,
히어로를 상대로 무슨 계략을 꾸미고 있는지 기대감을 잔뜩
품고 페이지를 넘겨야 한다. 빌런은 히어로를 협박하고 괴롭히며
'투명하게' 목표를 밝혀도 되지만, 계획을 어떤 방식으로 실행할지
말하면 안 된다. 히어로를 이중으로 속일 생각이 아니라면 말이다.

빌런은 자신의 목표를 정확하고도 명료하게 밝혀야 한다.
그리고 그 목표를 방해하거나 거스르는 사람은 누구든 커다란
공구로 이와 손톱을 뽑아버릴 것처럼 굴어야 한다. 무시무시한
빌런은 히어로에게 협박한 내용을 관철한다. 손가락을
잘라버리겠다고 협박했다면 정말 손가락을 잘라야 한다는
뜻이다.

그렇다고 빌런의 투명성이 꼭 큰소리로 공표되어야 한다는
것은 아니다. 빌런이 히어로의 엄마를 도끼로 때려죽이겠다고
큰소리칠 필요는 없다. 투명한 의도를 미묘하게 표현할 수 있다.
고개를 갸우뚱하거나 눈을 가늘게 뜨는 것 같은 보디랭귀지를
이용하라. 때로 침묵은 말로 표현하는 것보다 강력한 문학 장치가

된다.

　보디랭귀지와 침묵으로 비밀을 모호하게 보여주는 것은 비밀을 낱낱이 드러내는 것보다 더 강력한 효과를 낸다. 배신감에 돌아버린 여자가 바람 핀 남편을 정말로 죽일지 독자들이 궁금해 미치게 하려면 이런 것이 꼭 필요하다. 당신의 히어로는 빌런이 무슨 일을 벌일지 알아야 하지만(투명성) 언제 어떻게 공격할지는 몰라야 한다(비밀).

5단계 요약

- 신뢰성은 믿을 수 있다는 뜻이다.

- 그럴듯한 빌런의 간단한 공식: 신뢰성+사실성

- 가치는 중요한 의미가 있다는 뜻이다.

- 빌런 캐릭터의 가치관을 표현하는 데는 두 가지 방법이 있다.
  - 긍정적인 가치관을 나쁜 방법으로 실행
  - 부정적인 가치관

- 빌런을 포함해 모든 사람은 가치관이 있다. 가치관이 무너졌을 때 어떻게 반응하는지가 히어로인지 빌런인지를 결정짓는다.

- 가치관은 성격적 특성처럼 일관된 행동을 만든다.

- 진정성은 가치 또는 도덕적, 윤리적 원칙을 고수하는 것을 말한다. 일종의 도덕적 정직함이다.

- 빌런이 끔찍한 일을 저지르면서까지 자신의 가치관을 고수할 때, 진정성이 생긴다.

- 진정성은 신뢰성과 정직성에서 나온다. 진정성에서 진심 어린 인간성이 나온다. 인간성은 캐릭터가 아무리 어두워도 진실하게 느껴지도록 해준다.

● 빌런 캐릭터가 사실적으로 느껴지게 하려고 수많은 성격 특성을 부여할 필요 없다. 옳다고 믿는 가치가 있으면 된다.

● 빌런은 리더여야 한다. 진정한 리더는 힘들거나 고통스럽더라도 하겠다고 한 일을 실행에 옮긴다.

● 빌런은 이기기 어려워야 한다. 그래야만 줄거리에 충분한 긴장감이 생기고 끝까지 독자의 흥미를 붙잡을 수 있다.

● 당신의 히어로는 빌런이 무슨 일을 벌일지 알아야 하지만 (투명성) 언제 어떻게 공격할지는 몰라야 한다(비밀).

생각해볼 질문

● 당신이 쓰는 장르에서, 신뢰 가는 빌런과 그렇지 않은 빌런을 찾아서 적어보자. 사실적으로 느껴지거나 그렇지 않은 이유를 서로 비교해보자.

● 당신이 가장 좋아하는 빌런은 가치가 깨졌을 때 어떻게 반응하는가?

Step ↦ 6

빌런의 원형:
9가지 그림자

빌런의
대표 유형

빌런 캐릭터의 수는 세상에 나온 책의 숫자만큼이나 많다.
그들은 저마다 고유한 특징이 있다. 나는 사람을 틀에 끼워 맞춰
설명하는 것을 좋아하지 않지만, 사람들을 관찰하다 보면 어떤
행동 패턴을 발견할 수 있다. 그처럼 빌런에게도 패턴이 있다.

마찬가지로 플롯의 종류가 정해져 있다고 생각하는 작가가
많다. 크리스토퍼 부커Christopher Booker는 7개라고 했고,
블라디미르 프로프Vladimir Propp는 단 하나라고 했다! 나는 이런
이야기를 들을 때면 작가들이 독창적이지 않다는 말 같아서 좀
불편하다.

자존심일 수도 있고 창작에 대한 갈증일 수도 있지만, 나는
작가란 기나긴 밤의 끝을 붙잡고 캐릭터와 대사가 페이지
위에서 반짝이고 춤추게 하는 방법을 고민하는 상상력 풍부한
다람쥐라고 생각한다. 하지만 작가는 정말로 그 어떤 다른
작품에도 영향을 받지 않고 완전히 새롭고 독창적인 이야기를
생각해낼 수 있을까? 한번 생각해보자. 당신은 얼마나 많은
빌런을 떠올릴 수 있고, 그 빌런들 사이에는 얼마나 많은
유사점이 있는가?

빌런의 '유형'에는 여러 가지가 있다. 흔히 원형archetype이라고
부른다. 예를 들어, 살육 충동이 넘치는 사이코패스 도끼 살인마가
있을 것이다. 빌런이 꼭 사람이어야 할 필요는 없다. 기이한
생명체, 괴물, 악마, 외계인 등이 될 수도 있다. 다른 유형의

빌런도 있다. 캐릭터 내면의 어두운 그림자(로맨스 장르에 흔함)나
『헝거 게임』의 캐피톨과 같은 이념적 악마도 있다. 심지어
주인공의 환각 속에서 만들어진, 실제로 존재하지 않는 빌런도
있을 수 있다. 이런 내면적인 빌런도 실제로 피와 살이 있는
빌런만큼이나 강력한 적수가 된다. 그렇다면 빌런의 원형에는
어떤 것들이 있을까?

전능한 빌런

여기에는 고전적인 빌런들이 속한다. 『반지의 제왕』의
사우론이나 『해리 포터』의 볼드모트처럼 절대적인 힘을 가진
고전적인 캐릭터가 대표적이다. 보통 이런 빌런들은 거대한 힘을
추구하며, 강력한 군대를 모으려 한다. 그 군대는 마법의 군대일
수도 있고 정부의 군대일 수도 있다. 그리고 대개 이들의 곁에는
더러운 일을 도맡아 해주는 충성심 강한 2인자가 있다.

　일반적으로 이 빌런들에겐 강력한 동기(자기 행동을 어설프게
합리화할지라도)가 있으며, 자존심과 자기애 때문에 더 많은 것을
원한다. 힘, 권위, 숭배자, 노예, 군대 같은 것들 말이다. 그리고
무엇보다도 더 많은 통제와 힘을 갈망한다.

　이 빌런들은 자아도취적이고 거만하며 자기중심적이다.
원하는 것을 얻기 위해서라면 물불 가리지 않는다. 반드시 자신이
원하는 방법으로, 원하는 때에 목표가 이루어져야만 한다. 이들은
체계적이다. 목표를 달성하기 위한 계획은 물론이고 예비책과

부하들까지 있다. 보통은 직접 손을 더럽히지 않다가 마지막
전투나 클라이맥스에 직접 나서서 주인공을 끝장내려고 한다.

- 대표적인 캐릭터:『셜록 홈즈』의 모리아티 교수,『반지의
  제왕』의 사우론,『해리 포터』의 볼드모트,〈슈퍼맨〉의 조드,
  『헝거 게임』의 스노우 대통령
- ✓ 대표적인 장르: '전능한 빌런'은 대규모 전투가 나오는 판타지나
  SF 장르에서 자주 볼 수 있다. 부패한 지도자가 다스리는
  디스토피아 장르나 어린이 소설에도 나온다. 대개는 어둠의
  군주, 장군, 대통령, 영주, 사악한 왕족이다.

라이벌

라이벌은 대개 줄거리가 전개되면서 빌런으로 변한다. 이런
빌런은 시리즈나 3부작처럼 한 권 이상으로 구성된 소설에서
종종 볼 수 있다. 이야기의 초반에는 주인공과 같은 편이거나
최소한 나쁜 사람이 아니었다가 변화하는 모습을 보여주기
때문이다. 라이벌은 주인공만큼 성장과 변화를 보여주는
빌런이라고 할 수 있다.
　예를 들어, 빌런과 히어로는 같은 학교에 다니던 친구였을
수 있다. 하지만 이야기가 진행되면서 히어로가 빌런에게 상처
주는 행동을 하거나 빌런이 간절히 바라던 것을 손에 넣는다.
짝사랑하는 상대 같은 것 말이다. 빌런이 원하는 것을 히어로가

갖게 되면서 갈등이 일어나고 경쟁 구도가 만들어진다. 줄거리가 진행되면서 빌런의 증오심도 커진다. 빌런은 마음이 삐뚤어지고 히어로가 자신에게 복수하려 한다고 생각하게 되며 이는 결국 궁극적인 갈등으로 이어진다. 앞에서 예로 든 〈퀸카로 살아남는 법〉의 레지나와 케이디를 생각해보라.

어떤 면에서 이런 빌런은 히어로가 만들어낸 창조물이라고 할 수 있다. 히어로가 현재 또는 과거에 그렇게 행동하지 않았다면 경쟁 구도가 만들어지지 않았을 것이다. 일반적으로 라이벌은 히어로와 반대되는 특징을 보인다. 예를 들어 히어로는 아름답고 빌런은 못생겼다. 히어로는 친절하지만 빌런은 그렇지 않다.

- 대표적인 캐릭터: 『해리 포터』의 드레이코 말포이, 〈퀸카로 살아남는 법〉의 레지나 조지, 〈로빈 후드〉의 노팅엄 사법관, 〈슈퍼맨〉의 렉스 루터
- ∨ 대표적인 장르: 고등학교 배경의 청소년 소설에서 자주 발견된다. 서로 오랫동안 알고 지냈고 경쟁의 역사가 긴 주인공과 빌런이 나오는 이야기라면 어느 장르든 관계없이 찾아볼 수 있다.

정신 나간 미치광이

사이코패스나 소시오패스 등 정신 건강에 문제가 있는 빌런들을

말한다. 이들의 악행에는 뚜렷한 동기가 없다. 별다른 이유 없이 사람을 해치므로 섬뜩할 수밖에 없다. 이들은 다른 빌런보다 예측하기가 어렵다.

독자들은 앞으로 이야기가 어떻게 흘러갈지 추측하기를 좋아한다. 하지만 사이코패스나 소시오패스의 행동은 예측하기 쉽지 않다. 그런 빌런이 나오면 플롯도 예측할 수 없어지기 때문에 독자들에게 스릴과 긴장감을 선사할 수 있다.

하지만 빌런은 충분한 깊이가 있어야만 설득력 있게 다가온다. 정신 나간 미치광이 빌런이라도 충분한 뒷이야기를 넣어 빌런이 그렇게 행동하는 '이유'를 만들어줘야 한다.

- 대표적인 캐릭터: 『양들의 침묵』의 한니발 렉터, 〈아메리칸 사이코〉의 패트릭 베이트먼, 〈사이코〉의 노먼 베이츠, 〈시계 태엽 오렌지〉의 알렉스, 〈다크 나이트〉의 조커, 〈세븐〉의 존 도
- ∨ 대표적인 장르: 주로 범죄·스릴러, 액션, 어드벤처, 미스터리 장르에서 발견되고 이따금 순수문학에서도 발견된다.

복수의 화신

과거에 있었던 일을 절대 잊지 않는 빌런이 있다. 이들은 히어로에게 집착하고 히어로가 뭘 하든 공격을 멈추지 않는다. 이런 빌런은 대게 히어로에게 업신여김을 당한 경험이 있다. 혹은 과거에 끔찍한 일을 당하여 어떤 대가를 치르더라도 복수를

하고자 한다. 이들은 복수를 명분으로 범죄를 정당화하기도 한다.

복수의 화신은 라이벌처럼 보일 수도 있지만, 이 부류는 히어로에게 구체적인 원한이 있는 것이 아닐 수도 있다. 적어도 처음에는 그렇다. 이야기가 시작되는 시점보다 이전에 무슨 일이 일어났거나 세상에 대한 증오심에 히어로가 휘말렸을 수도 있다. 어느 시점에 빌런은 히어로에게 교감을 느끼게 된다. 하지만 관계는 잘 풀리지 않고 이야기가 진행될수록 빌런의 증오심은 커진다. 보통 히어로의 과거 행동이 악행의 원인이고, 복수는 빌런의 주요 동인이다.

 〈나이트메어〉의 프레디 크루거

프레디 크루거는 동네 아이들의 부모들에게 수모를 당한 적이 있다. 현재 그는 10대 아이들을 희생양으로 삼아 복수하려고 한다. 그 10대 중 한 명이 히어로 캐릭터가 된다.

● 대표적인 캐릭터: 〈나이트메어〉의 프레디 크루거, 〈대부〉의 마이클 코를레오네, 〈말레피센트〉의 말레피센트, 〈다크 나이트〉의 투페이스

✔ 대표적인 장르: 스릴러, 액션 등 폭력과 플롯 이면에 숨겨진 역사가 중요한 모든 이야기. 가스라이팅 당하던 아내가 남편에게 복수하는 이야기처럼, 드라마 장르에서도 찾아볼 수 있다.

두 얼굴의
빌런

두 얼굴을 가진 빌런은 배신, 비밀, 거짓말, 엄청난 반전 등을
선사한다. 겉으로는 친절하고 상냥하지만 속으로는 원망과
증오를 품고 히어로를 망하게 하려는 계획을 세운다. 이런 빌런은
충격적인 반전으로 독자의 뒤통수를 때리고, 떡 벌어진 입을
한동안 다물지 못하게 만든다. 이런 빌런 캐릭터는 쓸 때도 정말
재미있다. 독자를 오해하게 하고 엉뚱한 길로 이끌기 때문이다.
사악한 계획을 숨긴 빌런은 온갖 장난과 소동을 일으킨다.

　두 얼굴의 빌런은 히어로의 멘토나 가장 친한 친구, 심지어
부모일 수도 있다. 독자들은 이런 빌런을 좋아한다. 남편에게서
낯선 여자의 향수 냄새를 맡은 아내처럼 배신의 향기를 감지하기
때문이다. 빌런이 활약할수록 독자들의 긴장감은 점점 커진다.
뭔가 나쁜 일이 벌어지리라는 확신이 들지만 무슨 일인지,
가해자가 누구인지는 아직 모른다. 이런 빌런을 내세우면
독자들에게 흥미와 짜릿함을 선사할 수 있다.

⚠ 주의할 점: 독자가 잘못 생각하도록 유도하되 '의심의 씨앗'을
심어놓아야 한다. 그래야 나중에 독자가 속았다는 느낌을 받지
않는다.

• 대표적인 캐릭터: 가장 오래되고 유명한 예는 성경에
나오는 유다일 것이다. 다른 예로는 〈위험한 정사〉의 알렉스,

〈미저리〉의 애니 윌크스, 〈나를 찾아줘〉의 에이미, 『해리 포터』 시리즈의 스네이프 교수(실제 빌런이 아니라 이중 속임수지만)와 퀴럴 교수, 『뱀파이어 아카데미』의 나탈리, 〈스타워즈: 시스의 복수〉의 은하계 의장 팰퍼틴

∨ 대표적인 장르: 이 유형의 빌런은 거의 모든 장르에서 발견된다.

내면의
빌런

내면의 빌런은 어떤 면에서 가장 강력한 빌런이라고 할 수 있다. 자기 자신을 이기는 것보다 더 어려운 일이 있을까? 엄청난 희생과 성장 없이는 자기 내면에 있는 궁극의 빌런을 물리칠 수 없다.

히어로는 오랫동안 이 빌런을 의식하지 못한다. 그의 고민과 걱정거리는 절대로 극복할 수 없는 것처럼 보인다. 내면의 빌런을 물리치려면 주인공이 변화해야만 하기 때문이다.

내면의 빌런은 히어로를 심리적으로 고문하는 최악의 빌런이다. 자기 자신만큼 자신을 잘 후려치는 사람은 없다. 우리 작가들만 해도 그렇다. 작가를 절망의 구렁텅이에 처박는 것은 독자들의 악평이 아니다. 자기 내면의 비평가만큼 가혹한 평을 내리는 사람도 없다. 혹시 나만 그런가?

• 대표적인 캐릭터: 〈파이트 클럽〉의 타일러 더든(이 부류의

빌런 중에 내가 가장 좋아하는 캐릭터다. '내레이터'라고만 불리는 주인공은 자신이 빌런 타일러 더든이라는 사실을 모르고 있다. 내레이터는 마지막에 가서야 이 사실을 확고하게 드러낸다. 최고의 반전 중 하나다. 아직 이 영화를 보지 않았다면 지금 당장 보길 바란다), 『반지의 제왕』의 절대 반지, 〈스파이더맨 3〉의 베놈, 『지킬 박사와 하이드』의 하이드

∨ 대표적인 장르: 이 유형의 빌런은 로맨스부터 YA(영어덜트 소설), 판타지까지 모든 장르에서 쉽게 찾아볼 수 있다.

유혹적인 빌런

유혹적인 여자 빌런은 일종의 클리셰다. 대부분 검은색이나 빨간색 가죽옷에 하이힐, 화려한 화장을 하고 있다. 그렇지 않더라도 늘씬한 몸매에 매력적인 외모를 지니고 있다. 이런 여성 캐릭터는 자기가 매력적이라는 사실을 알고, 미모를 무기로 사용한다.

이런 빌런은 남자인 경우가 드물다(젊은 운동선수나 〈사랑보다 아름다운 유혹〉에 나오는 서배스천 발몽처럼 매력적인 남자들이 이 유형에 속한다고 할 수도 있다). 유혹적인 빌런은 교활하고 영악하며 성적 매력을 이용해 주인공과 그 주변 인물들을 함정에 빠뜨린다.

- 대표적인 캐릭터: 〈아담스 패밀리 2〉의 데비 젤린스키, 〈원초적
  본능〉의 캐서린 트라멜, 〈맥베스〉의 맥베스 부인, 〈배트맨〉의
  포이즌 아이비, 〈사랑보다 아름다운 유혹〉의 캐서린 머튜일,
  〈엑스맨〉 시리즈의 미스틱
- ∨ 대표적인 장르: 동화나 동화를 각색한 영화부터 다양한
  장르에서 쉽게 찾아볼 수 있다. 스릴러나 액션 영화에도 종종
  등장한다.

질투의 화신

항상 그런 것은 아니지만 질투의 화신은 가족이나 형제자매일
때가 많다. 고등학교 배경의 소설이나 영화에서 특히 자주
목격되지만 친구, 동기, 동료 등이 나오는 장르라면 어디서든 볼
수 있다.

이 부류의 빌런은 열등감에 사로잡혀 있다. 오랫동안 자신보다
잘난 형제자매가 부모님과 주변의 모두에게 사랑받는 모습을
보면서 쌓인 감정이 깊기 때문에, 질투를 빌미로 악행을 저지르곤
한다. 오랜 시간 감정이 쌓여왔다면, 질투도 더더욱 강렬할
것이다. 두드러지게 강조되지는 않았지만, 마블 영화에서 로키와
토르 형제의 갈등도 질투가 원인이었다.

- 대표적인 캐릭터: 『신데렐라』의 의붓언니들, 〈토르〉 시리즈의
  로키, 〈라이온 킹〉의 스카

✔ 대표적인 장르: 이런 유형의 빌런은 어떤 장르에서든 등장할 수 있지만, 특히 청소년 소설에서 자주 등장한다.

여성 빌런

이 항목은 쓰기 쉽지 않았다. 불쾌하거나 짜증이 나는 내용이 들어갈 수 있기 때문이다. 하지만 여성 빌런에 대해 한번은 짚고 넘어가야 하고, 제대로 설명하려면 몇 가지 고정관념을 언급하지 않을 수 없다.

우리 사회는 여성을 무서운 존재로 묘사하는 경우가 드물다. 여성이라고 하면 자애로운 어머니, 모성애를 연상하기 때문일지도 모르겠다. 아니면 에스트로겐이 넘쳐서, 혹은 여자가 남자보다 체격이 작고 육체적으로 약하기 때문이라고 생각해서일 수도 있다. 이유가 무엇이든 여성을 전형적인 빌런으로 묘사하는 경우는 많지 않다.

실제로는 여성 범죄자도 많지만(하지만 통계로 보면 극단적인 범죄를 저지른 여성 범죄자는 남성보다 훨씬 적다) 여성을 약하게 보는 사회적인 관점이 무엇 때문이든, 여성은 좋은 빌런 캐릭터가 될 수 없다는 편견이 있어왔다. 미안하지만, 내 생각은 다르다!

당신이 아는 빌런 세 명을 떠올려보라. 생각났는가? 좋다. 잠깐만 그대로 있으라. 빌런 캐릭터를 대라고 하면 대부분 한니발 렉터나 다스 베이더, 조커 등 남성 빌런을 이야기한다.

내가 이 책을 쓴 이유 중 하나는 여성 빌런에 대해 이야기하고 싶어서였다. 하지만 대중매체와 문학, 텔레비전 드라마를 아무리 열심히 뒤져도 훌륭한 여성 빌런을 찾기는 쉽지 않았다.

여성 빌런을 떠올렸을 때 가장 먼저 내 머릿속에 떠오른 이름은 다음과 같았다.

- 〈101 달마시안〉의 크루엘라 드빌
- 〈인어공주〉의 우르술라
- 『해리 포터』의 엄브리지 교수(내가 개인적으로 무척 좋아하는 캐릭터)
- 『미저리』의 애니 윌크스
- 〈뻐꾸기 둥지 위로 날아간 새〉의 간호사 래치드
- 〈악마는 프라다를 입는다〉의 미란다 프리스틀리
- 〈위험한 정사〉의 알렉스 포레스트

이게 끝이다. 고작 일곱 명밖에 안 된다! 물론 찾아보면 더 있겠지만 곧바로 머릿속에 떠오르지 않았다. 앞에서 언급한 남성 빌런처럼 곧바로 떠오를 만큼 주류가 아니라는 뜻이다.

설상가상으로 유명한 여성 빌런은 대부분 클리셰적이다. 이성이 날아가버린 정신 이상자나 사악한 미치광이, 정신병 환자로 설정되곤 한다. 10단계에서 경계성 성격장애BPD에 대해 더 자세히 이야기하겠지만, 잘 알려진 여성 빌런은 대부분 BPD가 있는 것으로 그려진다. 예를 들면 〈몬스터〉의 에일린 워노스(실존 인물이며 실제로 BPD가 있었다), 〈위험한 정사〉의 알렉스 포레스트, 〈뻐꾸기 둥지 위로 날아간 새〉의 간호사 래치드 등이다.

여성 빌런들이 종종 BPD 환자로 설정되는 이유는 BPD가

남성보다 여성에게 흔한 병이라는 인식이 있기 때문이다. 하지만 정신장애를 활용할 때 조심해야 할 점이 있다. 이야기에 맞지도 않는데 여자니까 BPD라고 설정하는 것은 게으르기 짝이 없고 고루하며 진부한 일이다. 절대 BPD를 사용하지 말라는 이야기가 아니다. 자주 쓰이는 이유가 있는 것도 사실이다. 하지만 게으름뱅이처럼 클리셰에 기대서는 안 된다.

나는 사실적이고 그럴듯한 여성 빌런 캐릭터 만드는 법을 알려달라는 요청을 많이 받았다. 가끔은 에스트로겐 가득한 마법의 상자를 열어 그런 캐릭터를 꺼내주고 싶을 때도 있었다. 하지만 그런 상자는 없고, 마술 지팡이도 만병통치약도 없다.

여자는 좋은 빌런이 될 수 없다는 오명은 대중문화에서 여성 빌런을 찾아보기 쉽지 않다는 사실에서 비롯되었다. 작가들은 나만 완벽한 여성 빌런 만드는 묘수를 모르는 게 아닐까 생각하면서 두려워한다. 말도 안 되는 생각이다. 엉덩이와 가슴이 달렸다고 사람이 달라지지 않는다. 좋은 남성 빌런을 만드는 것과 똑같은 방법으로 좋은 여성 빌런도 만들 수 있다. 하지만 구체적으로 다음과 같은 요소가 필요하다.

신뢰성

여성 빌런은 독자들에게 별로 사랑받지 못한다. 하지만 숫자가 적다는 것은 문제인 동시에 기회가 될 수 있다. 여성 빌런을 내세우면 독창성을 발휘할 수 있다. 유명한 여성 괴물이 별로 없는 만큼, 경쟁이 덜 치열하다. 그만큼 높은 수준의 신뢰성을 갖춘 캐릭터를 만드는 것이 중요하다는 뜻이기도 하다. 신뢰성은 사실성을 높여주어 더 훌륭한 빌런을 만들게 해준다.

가치관

모든 빌런, 특히 여성 빌런은 군건한 가치관이 필요하다. 확고한 가치관을 지닌 빌런일수록 독자가 받아들이기 쉽다. 아무리 사악하더라도 가치관이 있다면 인간성을 느낄 수 있다. 가치관이 확고하면 빌런은 일관적인 행동을 보여주게 된다. 그래서 캐릭터에 사실감이 느껴진다. 가치는 빌런에게 싸울 이유를 만들어주기도 한다. 좋은 가치관과 나쁜 가치관을 섞으라. 그리고, 가치관이 깨졌을 때 어떻게 반응할지에 신경을 쓰라. 가치는 빌런에게 싸울 이유를 만들어준다. 인간은 가치관을 지키기 위해 죽음도 불사하기 때문이다.

진정성

진정성은 마음 깊은 곳에서 우러나온 진심에 근거해 어떤 일을 하는 것을 의미한다. 진정성 있는 빌런은 아무리 사악하더라도 자신이 옳다고 믿는 가치와 신념을 지키기 위해서 싸운다. 그는 자신이 하는 일이 옳다고 믿는다. 대학살을 벌이는 것도 그가 생각하기에는 옳은 일이기 때문이다. 자신이 옳다고 군게 믿는 빌런일수록 더 무섭다.

진실성

빌런은 자신이 한 말을 지켜야 한다. 주인공을 고문하는 것이든, 주인공이 사랑하는 사람을 죽이는 것이든. 자신의 신념을 관철하지 않는 빌런은 여성 빌런의 클리셰인 '약한 빌런'이 된다. 물론 소설의 절정에 이르면 빌런은 히어로에게 패배할 것이다. 그러나 무너질 때 무너지더라도 그 직전까지는 도저히 이길 수 없을 것 같은 여성 빌런을 만들어보자.

전문성

특정 분야에 전문성을 갖춘 지능적인 빌런일수록 이기기 어렵고 갈등과 긴장감도 커진다. 당신의 여성 빌런을 육아 말고 다른 분야의 전문가로 만들라. 그는 구조공학자일 수도 있고 대학 학장일 수도 있다. 까짓것 미국 대통령은 못 될까.

사실성

빌런은 현실적이라 정말로 사실처럼 느껴질수록 무서운 법이다. 아이를 잃은 엄마의 상실감은 그가 미쳐서 빌런이 된 이유로 쉽게 이해가 된다. 하지만 여성 빌런이 무조건 엄마여야 하는 것은 아니다. 아이를 낳는 것이 여성의 유일한 능력은 아니니까. 여성은 사랑하고 느끼고 노력하고 희망을 품고 꿈과 포부를 가질 수 있는 존재다. 그러니 여성 빌런의 동기를 무조건 '엄마'라는 이유에 의존하지 말라. 과거의 모든 요소를 동원해 여성 빌런을 고문하라. 복잡하고도 자세하게 과거를 설정해서 그의 행동 동기가 믿을 만하게 다가오도록 하라.

6단계 요약

- 사람들의 행동에는 패턴이 있고 빌런도 마찬가지다.

- 빌런 유형은 몇 가지 범주로 나눌 수 있다.

- 빌런이 꼭 사람일 필요는 없다.

- 내면의 빌런도 실제 존재하는 빌런처럼 강력할 수 있다.

- 빌런의 유형:
  - 전능한 빌런
  - 라이벌
  - 정신 나간 미치광이
  - 복수의 화신
  - 두 얼굴의 빌런
  - 내면의 빌런
  - 유혹적인 빌런
  - 질투의 화신
  - 여성 빌런: 사람들은 보통 빌런이라고 하면 남성 캐릭터를 떠올린다. 훌륭한 여성 빌런들도 엄연히 있지만 잘 알려진 주류 빌런 중에는 그 수가 확연하게 적다. 여성 빌런은 대부분 클리셰적이다. 여성 빌런이라고 무조건 BPD가 있는 것으로 설정해선 안 된다.

- 여성 빌런을 만드는 방법: 남성 빌런을 만드는 방법과 다르지 않다.
  - 신뢰성: 신뢰성은 사실성을 높여주어 더 멋진 여성 빌런을 만들게

해준다.

- 가치관: 좋은 가치관과 나쁜 가치관을 섞으라. 가치관이 깨졌을 때 어떻게 반응하느냐가 중요하다.
- 진정성: 아무리 사악한 빌런이라도 자신이 옳다고 믿는 가치와 신념을 지키기 위해서 싸운다.
- 진실성: 빌런은 자신이 한 말을 지켜야 한다.
- 전문성: 전문성을 갖춘 지능적인 빌런일수록 이기기가 어려워지고 소설 속 갈등과 긴장감도 커진다.
- 사실성: 빌런은 현실적일수록 무서운 법이다.

생각해볼 질문

● 당신이 쓰는 장르에서 가장 좋아하는 작품 10편을
골라보자. 빌런들이 비슷한가? 똑같은 원형이 발견되는가,
아니면 전부 다른가?

● 여성 빌런을 떠올려보라. 진부하지 않은 캐릭터가 있다면
무엇 때문인가?

Step ↦ 7

반영웅의
모든 것

반영웅이란

반영웅anti-hero은 꼭 빌런인 것처럼 사악하게 들리는 단어다. 빌런은 무조건 악하고 히어로는 무조건 영웅적이어야 하는 것 아닌가?

음, 맞는 말이기도 하고 아니기도 하다. 반영웅이라는 약간 건방진 캐릭터들이 있다. 내가 제일 좋아하는 캐릭터이기도 하다. 반영웅은 히어로이자 빌런으로, 당신이 침을 삼키며 바라보던 케이크에 마침내 손을 뻗어 먹게 해주는 매력 가득한 캐릭터다.

내게 반영웅은 빌런 세계의 아이돌 같은 존재다. BLT 샌드위치의 베이컨, 반지의 다이아몬드, 케이크 위에 올라간 체리 장식 같은 것 말이다.

엣헴, 그만 다음으로 넘어가자.

반영웅은 히어로와 빌런의 혼합물이다. 구원자적 특성 때문에 히어로로 보이기도 하지만, 부정적인 면을 지니고 있거나 히어로처럼 보이지 않는 중대한 결점이 있다. 그래서 '반'영웅이다. 보통 히어로는 다음과 같이 도덕적이고 기사도적인 특징이 넘친다.

- 힘
- 용기
- 온정
- 재치
- 절제력

하지만 반영웅에게는 다른 특징이 있다. 이들은 전통적인
'기사도'를 비롯해 히어로의 전형적인 성격 특성을 보이지 않는다.
반영웅은 세상을 구하고, 결정적인 순간에 옳은 일은 한다 해도
좋은 특징만큼이나 부정적인 특징을 보인다. 예를 들어, 다음과
같은 모습이다.

- 맹목적인 애국심
- 오만함
- 성차별
- 냉담함
- 위선적
- 이기적
- 자아도취
- 타인 조종
- 나약함
- 탐욕
- 비도덕적
- 무자비함

히어로는 머리부터 발끝까지 선하고 도덕적이며 반듯하다.
하지만 반영웅의 후광에는 먼지가 쌓여 있다. 그의 행동은 항상
선하지만은 않다. 반영웅은 부정적인 성격을 지녔을 뿐 아니라
나쁘고 비도덕적인 행동을 하는 히어로다. 성격만 나쁜 게 아니다.
반영웅은 다음과 같이 실제로 나쁜 행동을 하기도 한다.

- 불륜
- 살인
- 도둑질
- 험담
- 문란함
- 거짓말

거부할 수 없는
나쁜 남자의 매력

반영웅은 왜 그렇게 매력적일까? 나는 주인공이 반영웅이면 정신을 못 차리고 빠져든다. 그런 주인공이 나오는 소설이나 드라마는 아무리 봐도 질리지 않는다. 인정하건대 나는 반영웅중독이다. 우리는 거칠지만 나를 보호해줄 수 있는 상대에게 끌린다. 슈퍼맨의 복근과 비단 같은 검은 머릿결은 정말로 멋지지만, 어두운 골목에서 깡패들을 만난다면 슈퍼맨과 울버린 중에 누구를 선택하겠는가? 내가 누구를 선택할지는 분명하다.

슈퍼히어로는 완벽하다. 그들은 도시를 구하고 기사도를 발휘하며 고층 건물에서 떨어지는 아기를 구해주면서도 할머니의 저녁 식사 시간에 딱 맞춰 참석한다. 하지만 그건 환상이고 너무나 비현실적이다.

반면 반영웅은 훨씬 더 인간적이다. 인간은 누구나 결함이 있다.

우리는 완벽하지 않으며 슈퍼맨과는 거리가 멀다. 실수를 하고 잘못된 선택을 내린다. 위험에 처한 아이를 구하려다 실패하고 술독에 빠질 수도 있으며 우울증이나 트라우마에 시달리기도 한다. 이러한 반영웅의 모습은 실수를 반복하고 결점도 있는 현실의 우리와 닮아 있다. 그래서 독자들은 반영웅에게 인간적인 매력을 느낀다.

슈퍼맨은 우리가 절대로 도달할 수 없는 유토피아적 이상이다. 위험한 세상을 살아가는 우리의 욕망을 완벽하게 구현한 캐릭터라는 점이 바로 슈퍼맨의 매력이다. 반면 울버린은 완벽하지 않다. 그는 결점이 많다. 슈퍼맨은 강도를 만나면 그를 죽이거나 다치게 하지 않으면서 발레리나처럼 우아하게 제압할 것이다. 하지만 울버린은 강도의 목숨이나 법에는 관심 없다. 아다만티움 클로로 강도의 목을 그은 뒤, 현장에서 사라져버릴 것이다.

슈퍼맨은 모든 생명은 소중하다고 생각하므로 빌런과 싸우면서도 빌런을 죽이지 않으려고 한다. 하지만 울버린은 다르다. 코믹스 『울버린 vol. 1』 1호에서 울버린은 이렇게 말한다. "난 동물의 내장을 뽑을 생각은 없어. 하지만 상대가 인간이라면 다르지."

반영웅은 인간의 가장 어두운 면과 숨겨진 욕망을 구현한 캐릭터다. 그들은 우리의 뒤틀린 욕망(예를 들어 폭력을 동원한 사적 보복)과 사회가 강요하는 규범(재판에 넘겨 법에 따라 처벌하는 것)의 경계를 흐린다. 반영웅은 우리가 사회 규범을 지켜야 한다는 압박 때문에 내리지 못했던 나쁜 결정을 내리고 우리가 하지 못하는 일들을 한다. 그는 못돼먹은 상사의 뺨을 때릴 수 있다. 원한다면 얼마든지 바람도 피우고 거짓말도 하고 도둑질도 한다.

반영웅은 우리가 하고 싶지만 행동으로 옮기지 못했던 일을
한다. 독자들이 반영웅 캐릭터에 흠뻑 빠지는 이유도 그 때문이다.

옳으면서 그르거나,
그르면서 옳거나

히어로의 동기는 유리처럼 투명하다. 그는 세상을 구하고 좋은
사람이 되고 싶어 한다. 대의명분을 중요시하며 새끼 고양이를
구하기 위해서라도 기꺼이 희생을 무릅쓴다. 아, 지루해라. 하지만
반영웅은 다르다. 그의 동기는 지저분하고 복잡하다.

반영웅의 동기는 항상 순수하지 않다. 이야기의 클라이맥스에서
반영웅은 사랑이나 다른 요소에 의해 히어로로 변신할 수 있지만,
이야기의 초반에는 훨씬 어둡고 비뚤어진 모습을 보인다. 자기
보호, 욕망, 복수, 탐욕은 반영웅의 흔한 행동 동기다. 반영웅은
빌런과 히어로의 경계에 있지만, 빌런이 아니라 히어로로 분류되는
것이 그가 반드시 지키는 (도덕적 또는 윤리적인) 선이 있기
때문이다.

 로빈 후드

로빈 후드는 도둑이다. 도둑질은 일반적으로 히어로가
할 법한 행동이 아니다. 도둑질은 그를 히어로에
'반하는' 인물로 만들지만, 그가 도둑질하는 이유는

그를 히어로로 만든다. 로빈 후드에게는 넘지 않는 도덕적인 선이 있다. 그는 부자들의 재물을 훔쳐서 가난한 사람들에게 나눠준다.

올바른 동기와 잘못된 동기가 모두 있다는 점 때문에 반영웅 캐릭터는 굉장히 매력적이다. 반영웅은 잘못된 이유에서 옳은 일을 하거나 옳은 이유에서 잘못된 일을 한다. 그만큼 복잡한 캐릭터라 독자들의 흥미를 자극한다. 솔직히 항상 올바른 이유로 올바른 행동만 하는 히어로는 지루하지 않은가?

반영웅과 결함 있는 히어로

반영웅은 대개 이타적이기보다는 개인적인 이익에 따라 행동한다. 반영웅은 종종 실수를 하고, 궁지에 몰리면 자신을 희생하는 대신 성난 치와와처럼 상대방을 물어뜯는다. 그는 약점이 있고 살아남으려고 애쓴다. 잘못된 행동이 옳은 행동보다 쉽고, 그렇게 해서 원하는 걸 빨리 얻을 수 있다면 망설이지 않을 것이다. 반영웅은 목적이 수단을 정당화해줄 수만 있다면 아무리 잘못된 길이라도 몇 번이고 선택한다. 마치 빌런처럼 말이다.

　반영웅은 단순히 '결함 있는 히어로'가 아니다. 결함 있는 히어로는 실수를 통해 배운다. 결함 있는 히어로는 같은 실수를 되풀이하지 않으며 이야기가 전개되는 동안 성장하고 발전한다.

삶을
다정하게
가꾸는

월북의

"나는 이 책에서 '쓸모'의 의미를 논하고 싶지 않지만, 사람들이 이 말을
지나치게 교육이나 자기 계발에 관해서만 사용할 때 슬퍼지곤 한다."

『인생의 언어가 필요한 순간』 중에서

책 — 들

www.willbookspub.com

모든 단어는 이야기를 품고 있다

걸어 다니는 어원 사전

양파 같은 어원의 세계를 끝없이
탐구하는 아주 특별한 여행

마크 포사이스 지음 | 홍한결 옮김

슬픔에 이름 붙이기

마음의 혼란을 언어의 질서로
꿰매는 감정 사전

존 케닉 지음 | 황유원 옮김

여행자의 어원 사전

6대륙 65개 나라 이름에 담긴
다채로운 역사 이야기

덩컨 매든 지음 | 고정아 옮김

옥스퍼드 오늘의 단어책

날마다 찾아오는 단어가
우리의 하루를 빛나게 할 수 있다면

수지 덴트 지음 | 고정아 옮김

수상한 단어들의 지도

평범한 말과 익숙한 사물에 숨은
의미심장한 사연

데버라 워런 지음 | 홍한결 옮김

나를 이해하고 자연을 읽는 방법

자연에 이름 붙이기

보이지 않던 세계가
보이기 시작할 때

캐럴 계숙 윤 지음 | 정지인 옮김

어떻게 수학을 사랑하지 않을 수 있을까?

수학과 철학에서 찾는
이성적 사유의 아름다움

카를 지크문트 지음 | 노승영 옮김

사피엔스의 뇌

보이지 않는 마음의 원리
인간의 진실을 비추는 뇌과학 이야기

아나이스 루 지음 | 뤼시 알브레히트 그림 | 이세진 옮김

태어난 김에 물리 · 화학 · 생물 공부

슥슥 그린 편안하고 직관적인 그림 설명
한번 보면 잊을 수 없는 필수 과학 개념

커트 베이커, 알리 세제르, 헬렌 필처 지음 | 고호관 옮김

흔들리는 세상을 바로 보는 창

눈에 보이지 않는 지도책

세상을 읽는 데이터 지리학

제임스 체셔, 올리버 우버티 지음 | 송예슬 옮김

인간의 흑역사

인간의 욕심은 끝이 없고
똑같은 실수를 반복한다

톰 필립스 지음 | 홍한결 옮김

썰의 흑역사

인간은 믿고 싶은 이야기만 듣는다

톰 필립스, 존 엘리지 지음 | 홍한결 옮김

삶은 공학

불확실한 세상에서
최선의 답을 찾는 생각법

빌 해맥 지음 | 권루시안 옮김

필로소피 랩

옥스퍼드 대학 철학 연구소
세상 모든 질문의 해답을 찾는 곳

조니 톰슨 지음 | 최다인 옮김

나쁜 특징이 약해지고 결점은 사라진다. 그의 본질은 히어로기
때문이다. 결함 있는 히어로의 '결함'은 일종의 상처와 같다.
이야기가 전개될수록 그의 상처는 치유되어 사라지고 빛나는
갑옷을 입은 기사만 남는다.

결함 있는 히어로는 어린이를 대상으로 한 책과 영화,
만화에서도 쉽게 찾아볼 수 있다. 결함 있는 히어로가 백마 탄
왕자님 같은 전형적인 히어로보다 훨씬 흥미진진하기 때문이다.

> **예시** 〈토이 스토리〉의 우디
>
> 우디의 결점은 질투심이다. 우디는 앤디(우디의 주인인
> 인간 아이)가 가장 아끼는 장난감이었다. 하지만
> 앤디가 생일 선물로 버즈 라이트이어를 받고, 그에게만
> 관심을 쏟자 우디는 질투심에 사로잡힌다. 결국 우디는
> 잘못된 선택을 하게 되고 결과적으로 우디와 버즈 둘
> 다 길을 잃는다. 이야기는 앤디가 떠나기 전에 집으로
> 돌아가려는 우디와 버즈의 모험을 중심으로 전개된다.
> 자신이 잘못했음을 깨달은 우디는 집으로 돌아가기
> 위해 자존심을 내려놓고 버즈와 힘을 합친다.

우디가 반영웅이 아니라 결함 있는 히어로인 이유는 마음 깊은
곳에 자리한 선함으로 자신의 과오를 깨닫기 때문이다. 그는
사사로운 욕심 때문에 질투심에 사로잡힌 것이 아니라 앤디를
사랑하기 때문에 질투심이 일었다. 하지만 이내 자신의 결점을
깨닫고 질투를 멈추었다. 반영웅은 깨달음을 얻지 않는다.

반영웅에게는 결함만 있는 것이 아니다. 그들에겐 깊은 상처가
있다. 반영웅의 상처는 치유되지 않는다. 반영웅은 상처를

치유하고 히어로가 되는 대신, 상처는 그대로지만 예전보다 나은 선택을 내리게 된다. 또한, 반영웅은 잘못된 논리를 따른다. 그는 스스로 이성적이라고 생각하며 기이한 선택을 내린다. 물론 독자들은 그게 잘못되었음을 알고 있다. 반영웅은 잘못된 논리로 인해 두 종류의 선택을 내린다.

- 올바른 이유로 인한 잘못된 선택
- 잘못된 이유로 인한 올바른 선택

둘 다 반영웅의 사리사욕을 보여주고 이야기 전개에 필요한 연료를 제공한다. 잘못된 선택이 엄청난 갈등과 긴장감을 만들어주기 때문이다. 반영웅은 예전보다 나은 선택을 내리지만 내면의 변화가 크지는 않으므로, 히어로보다는 캐릭터 아크가 단순하다. 작가는 반영웅이 더 나은 결정을 내리는 방법을 배우도록 줄거리를 짜야 한다.

다음 표는 빌런과 히어로 사이에 있는 반영웅의 대략적인 범위를 보여준다. 반영웅의 스펙트럼에는 '선함'과 '악함'을 고려하는 것 말고도 그가 얼마나 선하고 나쁜지 측정해주는 두 가지 척도가 더 있다.

- 반영웅이 정의를 추구하기 위해 사용하는 방법과 전술, 즉 '수단'이 얼마나 나쁜가?
- 반영웅의 '목적'은 얼마나 선한가?

이 척도를 사용하여 반영웅 캐릭터에 복잡성을 더하고

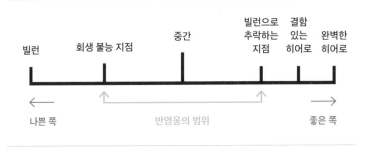

강약을 조정할 수 있다. 히어로의 후광에 사악한 먼지가 껴 있는
반영웅의 사례를 몇 가지 살펴보자. 배트맨과 로빈 후드는 둘 다
반영웅 스펙트럼의 '좋은' 쪽에 속한다. 이들은 거의 히어로라고
할 수 있지만 다음의 이유에서 히어로 테스트를 통과하지 못한다.

배트맨은 히어로와 반영웅의 경계에 있다. 그는 무고한
사람들을 구해주고 정의의 이름으로 빌런을 벌하는 등 히어로의
자질을 갖추었지만 '완벽한 히어로'는 아니다. 그는 어둠과 밤의
히어로다. 그가 선을 행하는 방식은 순수하게 선량한 '빛의
영웅'과는 다르다. 배트맨은 빌런을 잡기 위해 법과 경찰을
철저히 무시하거나 비웃는다. 배트맨의 '목적'은 좋다. 행동의
결과는 영웅적이지만 그가 수단과 목적을 달성하는 방식까지
항상 '영웅 정신'과 일치하는 건 아니다. 그래서 배트맨은
반영웅이다.

로빈 후드는 정의로운 인물로, 가난하고 힘없는 사람들 편이다.
하지만 배트맨처럼 그의 수단과 방법이 항상 순수한 것은 아니다.
로빈 후드의 정의감은 뒤틀려 있다. 그는 도둑질이 옳다고
믿는다. 돈이 넘쳐나는 부자들의 돈을 빼앗아 가난한 사람들에게

나눠주는 것이니까. 로빈 후드의 행동(수단)은 잘못되었지만 결과(목적)는 영웅적이다. 그래서 로빈 후드는 배트맨과 마찬가지로 반영웅의 스펙트럼 끝에 위치한다.

제프 린지의 소설을 기반으로 한 텔레비전 드라마 〈덱스터〉에 나오는 주인공 덱스터는 히어로와 빌런의 중간쯤에 위치한다. 우선, 그는 연쇄살인범이다. 잔인한 방식으로 사람을 죽여서 살인 충동을 채우는 영락없는 빌런으로, 극단적인 폭력성이 내재되어 있다. 하지만 덱스터의 결과와 목적은(그의 뒤틀린 정의감에 따르면) 선하다. 덱스터는 경찰이 처리하지 못한 범죄자들을 제거한다. 거리를 활보하는 비열한 범죄자들을 없앰으로써 마이애미를 더 살기 좋은 곳으로 만든다.

브렛 이스턴 엘리스가 쓴 동명의 소설을 원작으로 한 영화 〈아메리칸 사이코〉의 주인공 패트릭 베이트먼은 반영웅 스펙트럼의 끄트머리에 속하는, 아주 나쁜 사이코패스 개자식이다. 하지만 영웅적인 특징도 있어서 간신히 반영웅의 범주에 속한다. 우선, 책(영화)의 독자(관객)들은 자연스럽게 그의 여정에 공감하게 된다. 영화에서는 살인이 그의 상상이었음을 암시하기도 한다. 패트릭 베이트먼은 올바른 이유로 잘못된 결정을 내리는 반영웅이다. 무엇보다도 그는 행복을 원한다. 하지만 그의 성격장애와 경쟁적이고 자기도취적인 엘리트들에 둘러싸여 있는 환경이 그의 트리거가 된다.

최고가 되어야 한다는 생각은 그의 폭력성을 부추기고 살인 행각을 벌이게 만든다. 그는 친구와 동료, 낯선 사람들에게 죄를 고백함으로써 용서를 구하려고 한다. 그러나 안타깝게도 아무도 그가 살인마라는 걸 믿지 않으므로 그의 죄는 사해지지 못한다.

반영웅,
못생겨도 괜찮아

대부분의 히어로는 엄청나게 잘생겼고 키도 크고 근육질이다.
하지만 반영웅은 완벽한 근육도 없고 그다지 잘생기지도 않았다.
반영웅 캐릭터는 퀴퀴한 땀 냄새가 진동하는 못생기고 뚱뚱한
인물일 수도 있다. 반영웅의 외모는 꼭 완벽할 필요 없다. 뱃살도
넣고 외모로 장난을 좀 쳐도 된다.

　　반영웅을 만들 때는 히어로의 어떤 측면에도 얽매일 필요가
없다. 마지막에 옳은 일을 하기만 한다면 반영웅의 외모는 제한
없이 원하는 대로 만들어도 된다. 못생겼지만 매력적인 히어로가
왕자님처럼 잘생긴 히어로보다 훨씬 흥미롭다. 마블 코믹스와
영화의 데드풀은 초능력을 지닌 반영웅이다. 하지만 얼굴과 몸이
끔찍하게 망가져버렸다. 훨씬 더 흥미롭지 않은가?

히어로와는 다른
반영웅의 캐릭터 아크

다른 주인공들과 마찬가지로 반영웅에게도 캐릭터 아크가
필요하다. 반영웅의 여정에도 우여곡절이 있어야 하지만,
반영웅의 아크는 비교적 단순하다. 처음에는 히어로에 반反하는
모습을 보이는 반영웅은 이야기가 진행될수록 히어로에

가까워지지만, 반영웅적인 성격 특징은 그대로 남는다. 이야기의
끝부분에서 반영웅의 부정적인 특징이 사라지면 결함 있는
히어로가 된다.

〈덱스터〉의 덱스터

텔레비전 드라마에서 덱스터는 여덟 시즌 내내 정체가
드러날 위험에 처한다. 결국 그는 자신의 끔찍한
범죄에서 가족을 지키기 위해 스스로 죽음을 가장하고
사라지기로 한다.

가족을 지키기 위해 떠나기로 한 그의 선택과 희생이 그를
히어로로 만든다. 하지만 그가 변한 것은 아니다. 옳은 선택을
내렸을 뿐, 살인 충동을 지닌 살인마라는 사실은 변함이 없으니까.
업보나 속죄라고 할 수 있을지도 모르지만 이것은 반영웅이
올바른 선택을 하더라도 히어로에 어울리는 완벽한 해피
엔딩에는 이르지 못할 수 있음을 보여준다. 하지만 반영웅이라고
꼭 덱스터처럼 행동해야 하는 것은 아니다.

　반영웅은 예를 들자면, 다음과 같은 방식으로 옳은 일을 할 수
있다.

- 빌런을 물리치는 과정에서 상실을 겪는다.
- 승리를 위해 희생을 감내한다.
- 옳은 일을 하지만, 곧 예전의 방식으로 돌아간다.
- 잘못된 행동을 하지만 어쨌든 승리한다.

반영웅은 처음에는 잘못된 행동을 하지만 이야기가 전개되는 과정에서 옳은 선택(또는 행동)을 하도록 이끌어주는 사건을 경험한다. 이것이 그에게 변화의 기폭제가 되어준다. 다음과 같이 스토리 아크를 사용하여 캐릭터의 변화를 일으킬 수 있다.

- 소설의 50퍼센트 지점에서 반영웅은 자신의 방식에 의문을 갖기 시작한다.
- 60~80퍼센트 지점에서 예전과는 다른 선택을 내리기 시작한다.
- 85~95퍼센트 지점에서 반영웅은 영웅적인 선택을 내린다.

 마블 영화 〈데드풀〉의 데드풀
(올바른 이유로 잘못된 행동을 하는 반영웅)

영화의 1퍼센트 지점에서 데드풀이라는 캐릭터가 소개된다. 그의 직업은 용병(일반적으로 나쁜 일을 하는 직업)이지만 관객은 그가 그리 나쁜 사람이 아니라는 것을 알 수 있다. 그는 피해자들을 때리거나 죽이지 않고 겁을 줘서 말을 듣게 한다. 하지만 그의 직업이 바로 그의 첫 번째 잘못된 선택이다.

- 5퍼센트 지점: 진정한 사랑을 만나 사랑에 빠진다.
- 8퍼센트 지점: 말기 암에 걸린다.
- 10퍼센트 지점: 두 번째 잘못된 선택을 내린다. 죽어가는 자신을 지켜봐야 하는 여자 친구의 고통을 덜어주기 위해서(올바른 이유) 헤어지기로 결심한다.
- 20퍼센트 지점: 빌런(에이잭스) 덕분에 암이 낫고 데드풀이 된다(얼굴과 온몸이 추하게 변해버린다).

- 25퍼센트 지점: 세 번째 잘못된 선택을 내린다. 여자 친구에게 돌아가려고 하지만 온몸이 추하게 변해버려서 그럴 수가 없다. 여자 친구는 그가 완치된 걸 모른다.
- 30퍼센트 지점: 잘못된 이유로 옳은 행동을 한다. 추하게 변해버린 얼굴과 몸을 되돌리고 여자 친구에게 돌아가기 위해 에이잭스를 쫓기 시작한다.
- 30~80퍼센트 지점: 쫓고 쫓기는 싸움. 에이잭스를 추적하지만 잡지 못한다.
- 80퍼센트 지점: 에이잭스는 데드풀의 가장 친한 친구가 운영하는 술집에서 데드풀의 약점이 여자 친구라는 사실을 알게 된다.
- 85퍼센트 지점: 친구가 데드풀에게 에이잭스의 이야기를 한다. 마침내 데드풀은 옳은 결정을 내린다. 위험에 처한 여자 친구를 구하기 위해 행동에 나선다(그가 사라진 지 3년이 흘렀고 여자 친구는 그가 죽었다고 생각한다).
- 90퍼센트 지점: 하지만 데드풀이 여자 친구의 직장에 도착해보니 에이잭스가 이미 여자 친구를 납치했고 데드풀을 도발한다.
- 95퍼센트 지점: 두 번째 올바른 선택, 데드풀은 다른 이들에게 도움을 요청하고 여자 친구를 구한다.

데드풀은 85퍼센트 지점에 이르러서야 옳은 이유로 옳은 선택을 내린다. 그의 생각을 바꾸게 한 마지막 기폭제는 사랑하는 사람이 위험에 처했다는 사실이다. 반영웅은 히어로와 마찬가지로 아끼고 사랑하는 대상이 있다. 이것이 그들의 약점이 된다. 이 약점을 이용하는 것이 더 나은 선택을 내리게 하는 가장 쉬운 방법이다. 대개 약점은 그들의 핵심 가치기 때문이다. 그들이 가장 사랑하는

사람이 위험에 처하거나, 가장 아끼는 것이 위기에 처했을 때
반영웅의 선택에 변화가 생긴다.

7단계 요약

- 반영웅은 히어로와 빌런의 혼합물이다. 결함이 있고 잘못된 선택이나 행동을 하지만 그래도 히어로라고 할 수 있는 이유는 마지막에는 올바른 선택과 행동을 하기 때문이다. 그에게는 넘지 않는 선(도덕적 또는 윤리적 선)이 존재한다.

- 반영웅의 동기는 항상 순수하지만은 않다.

- 반영웅은 올바른 이유로 잘못된 선택을 내리거나 잘못된 이유로 올바른 선택을 내린다.

- 반영웅은 꼭 잘생길 필요 없다. 외모를 가지고 장난을 좀 쳐도 된다.

- 결함 있는 히어로는 반영웅과 달리 이야기가 전개되는 동안 성장하고 발전한다.

- 반영웅은 소설 전반에 걸쳐 캐릭터가 거의 변하지 않으므로 히어로보다 캐릭터 아크가 단순하다.

- 반영웅이 이야기의 끝부분에서 부정적인 특징이 없어진다면 결함 있는 히어로가 된다.

- 반영웅을 이해하기 위해 던져야 할 두 가지 질문
  · 정의를 추구하는 방법이 얼마나 나쁜가?
  · 행동의 결과가 얼마나 선한가?

● 반영웅은 히어로와 마찬가지로 약점이 있다. 그들의 약점을 이용하는 것이 더 나은 선택을 내리게 하는 가장 쉬운 방법이다. 대개 약점이 그들의 핵심 가치기 때문이다.

● 반영웅이 가장 사랑하는 대상이 위험에 처할 때, 선택에 변화가 생긴다.

● 반영웅은 인간의 가장 어두운 비밀과 욕망을 구현한다. 그들은 사회적 규범에 가려 묻혀 있던 우리의 어둡고 뒤틀린 욕망을 자극한다.

생각해볼 질문

당신이 쓰는 장르에서 반영웅을 세 명 찾아 다음의 질문을
해보자.

- 그들은 어떤 잘못된 결정을 내리는가?

- 그들의 결함은 무엇인가?

- 그들은 결국 자신을 구원하는가?

Step ›› 8

클리셰를
피하라

빌런 세계의 지뢰밭

영화관에서 웃긴 영화를 보는데 갑자기 뒤에서 누가 크루엘라처럼 "음하하하" 하고 웃어서 당황했던 적이 있는가? 미안하다. 그거 나였다. 내 웃음소리는 웬만한 빌런 저리 가라 할 만큼 끝내준다. 하지만 내가 그렇게 웃을 수 있는 건 내가 빌런이 아니기 때문이다. 진짜 빌런은 그렇게 웃으면 안 된다. 왜냐고? 클리셰니까. 클리셰를 좋아하는 사람은 없다. 과장된 클리셰라면 더더욱.

문제는 그럴듯한 빌런 캐릭터를 만드는 과정이 클리셰가 묻힌 지뢰밭을 헤쳐나가는 것과 같다는 점이다. 위험 지대라는 말로는 설명이 부족하다. 우리는 그동안 너무 게을렀다. 너무 오랫동안 히어로만 사랑하고 주인공에게만 집중한 결과, 빌런은 낡고 낡은 클리셰덩어리가 되어버렸다. 이제 그러지 말아야 한다. 영웅은 엿이나 먹어라. 사악한 여왕이여, 만수무강하소서.

클리셰 vs 트롭

우리는 클리셰가 나쁘다고 알고 있다. 하지만 클리셰를 내다 버리기 전에 이거 하나만 짚고 가자. 독자들이 클리셰를 싫어하는 이유는 너무 많이 접해서 질렸기 때문이다. 작가들은 종종 클리셰와 트롭을 혼동한다. 이 둘은 엄연히 다르다. 클리셰는 독자들의 외면과 악플을 불러오지만, 트롭은 독자들이 기대하는 바로 그것을 제공한다. 인기 있는 작품을 쓰고 싶다면 트롭을 잘 활용해야 한다. 클리셰는 너무 많이 사용되어서 예측할 수 있는 뻔한 단어, 구, 표현 또는 장면이다.

클리셰의 대표적인 예는 다음과 같다.

✓ 법정 장면에서 지고 있을 때 터져나오는 "이의 있습니다!"
✓ 사제가 결혼식에서 "반대하는 사람 있습니까?"라고 묻는 순간 주인공이 정말로 사랑하는 사람이 교회로 헐레벌떡 뛰쳐 들어와 결혼식을 막는 것
✓ 빌런이나 마녀의 "음하하하" 하는 웃음소리
✓ "그들은 오래오래 행복하게 살았습니다"라는 마무리
✓ "사실은 전부 꿈이었다"라는 마무리

혹시 위의 항목을 읽으며 손발이 오그라드는 느낌이 들었는가? 이걸 쓰는 나는 이미 불판 위의 오징어가 되었다. 하지만 트롭과 클리셰의 차이를 설명하려면 한번은 언급할 필요가 있었다.

트롭은 특정 장르에서 반복적으로 발견되는 주제, 개념, 패턴을 말한다. 트롭은 지금 읽고 있는 소설이 어떤 장르인지 구분하도록 도와준다. 트롭은 매번 새로운 이야기와 함께 반복적으로 사용할 수 있다.

장르별로 고전적인 트롭의 예시는 다음과 같다.

영어덜트 소설

- 고아거나 부모와 사이가 좋지 않은 주인공
- 삼각관계
- 졸업식

판타지

- 선택받은 자
- 세상을 구할 단 하나의 마법의 검·약·장비
- 예언

범죄

- 소설의 시작 부분에서 발견된 시체
- 지나치게 일에 헌신적인 형사
- 개성 강한 탐정
- 마지막에 나오는 살인자의 체포나 사망
- 연쇄살인범

로맨스

- 첫 만남
- 연적
- 이루어질 수 없는 연인
- 중매쟁이
- 계급 차이
- 해피 엔딩

클리셰인 것,
클리셰 아닌 것

아동소설을 쓰는 게 아니라면, 클리셰는 최대한 피하는 게 좋다. 클리셰를 절대 쓰지 말라는 뜻은 아니다. 마피아 보스가 벽난로 옆에 앉아 손에 위스키를 들고 시가를 피우는 장면을 넣어도 된다. 하지만 뭐든 적당히 하는 게 중요하다.

이야기가 참신하다면 클리셰가 조금 있어도 진부하다고 느껴지지 않는다. 만약 당신이 쓰는 것이 아동소설이나 동화라면 '오래오래 행복하게 살았습니다' 클리셰 하나쯤은 넣어줄 필요가 있을 것이다. 하지만 하나 이상의 클리셰를 넣는 것은 좋지 않다. 아이들 대상의 작품에서도 클리셰 사용이 점점 줄어드는 추세다. 〈메리다와 마법의 숲〉의 메리다나 〈겨울왕국〉의 안나와 엘사처럼 클리셰에서 벗어난 캐릭터의 인기가 높아지고 있다.

빌런의 클리셰는 수없이 많다. 전부 나열할 수는 없지만 아래 목록을 참고하면 빌런 클리셰에 대한 감을 잡을 수 있을 것이다.

- 기형 또는 흉터
- 삭발
- 머리끝부터 발끝까지 검은색으로 휘감은 모습
- '킬킬킬' 또는 '음하하하' 하는 웃음소리
- 정중한 매너 또는 세련된 억양(특히 영국식)
- 클래식 애호가
- 와인 애호가

- 흡연
- 허세
- 오만
- 지나친 매력
- 정신 질환
- 과대망상
- 전과 이력
- 불행한 어린 시절
- 머릿속의 목소리
- 극단적인 성격
- 어머니에 대한 지나친 사랑
- "이 세상을 파괴하겠어" 또는 "난 세상을 지배할 거야" 같은 대사
- 과도한 독백
- 동기가 없는 사악한 행동
- 행동하기 전에 계획을 읊는 행동
- 범죄 소굴, 지하 감옥, 펜트하우스 등
- 왕좌 또는 거대한 등받이 의자
- 거실이나 사무실에 걸려 있는 거대한 자화상
- 충성스런 심복(이것은 트롭일 수도 있음)
- 심복이 아니라도 부하나 2인자 등 빌런이 시키는 대로 하는 사람
- 주인공과 친구가 됨
- 비밀결사 운영
- 검은 고양이, 앵무새 등 특정 반려동물

트롭은 클리셰와 다르다. 트롭은 이야기의 장르를 분명하게 해주고, 독자에게 강한 인상을 준다. 특정 장르를 좋아하는 독자라면 트롭에서 친근감을 느끼기도 한다. 마치 집에 온 것처럼 따뜻하고 편안한 느낌이 든다. 성공적인 작가는 독자에게 '아, 무슨 이야기인지 알겠어'라는 느낌을 선사한 다음 예측하지 못한 반전을 때린다. 그러면 독자들의 눈을 효과적으로 사로잡을 수 있다. 트롭은 장르의 토대를 만드는 기본 재료이며 이미 효과가 검증된 플롯 장치다. 그러니 트롭을 능수능란하게 사용할 수 있도록 기술을 갈고닦아보자.

한번에 모든 트롭을 사용할 필요는 없다. 트롭은 다이아몬드 같은 것이다. 누구나 다이아몬드를 원하지만, 다이아몬드를 평평 쓸 수 있는 사람은 없지 않은가.

다음은 빌런 트롭의 예시다.

공통적인 트롭
- 심복
- 권력에 대한 야망
- 승부욕
- 무고한 사람을 죽이는 것

디스토피아
- 빌런이 주최하는 만찬·파티·무도회 같은 행사(계급 차이가 드러난다)
- 디스토피아 사회 제도에 대해 확고한 믿음과 논리를 가진 빌런

스릴러

- 헬리콥터나 경비행기 등 멋진 탈출 수단
- 사이코패스나 소시오패스
- 빌런의 욕망을 충족시키기 위한 여자들

판타지

- 늑대, 용, 뱀
- 흑마법

클리셰의 미묘한 경계

클리셰와 역사적 고증의 차이는 미묘하기 때문에 주의를 기울여야 한다. 어떤 클리셰들은 역사적 배경이 있다. 오늘날 마피아가 시가를 피우는 모습은 클리셰지만 미국, 영국, 이탈리아에서 마피아가 활개 쳤던 1920~1940년대에는 시가가 대중문화였으므로 클리셰가 아니다. 1920년대에는 담배나 시가가 오늘날처럼 유해한 발암물질로 여겨지지 않았다. 당시 흡연은 최신 유행을 따르는 세련된 행위였다. 하지만 〈스카페이스〉, 〈대부〉 같은 영화의 인기로 마피아 영화와 드라마, 소설 등이 폭발적으로 증가하면서 담배와 시가는 마피아의 클리셰가 되었다.

만약 당신이 1920년대를 배경으로 한 마피아 소설을 쓴다면 역사적 정확성에 따라 주인공이나 빌런이 시가를 피울 수 있다. 독자들이 역사 소설을 선택하는 이유는 그 시대를 간접 체험하고 싶기 때문이다. 분명히 그들은 매의 눈으로 고증이 정확한지 가려낼 것이다. 클리셰라는 이유로 시가 피우는 모습을 빼버린다면 역사 소설로서의 신뢰성도 깎이고 만다. 클리셰라 해도 시대적 배경에 맞으면 사용할 수 있다. 역사적인 사실에 부합하는 클리셰라면 두려워하지 말고 써도 된다. 독자들도 충분히 예상할 것이고 오히려 그럴 때는 클리셰를 쓰지 않으면 비난받을 것이다.

클리셰의
저주 피하기

당신의 캐릭터에 실수로 클리셰를 뿌려버리는 실수를 피하려면 어떻게 해야 할까? 피해야 할 클리셰 체크리스트를 제공할 수 있다면 좋겠지만 소설계, 특히 장르 소설계는 끊임없이 변하고 있다. 오늘의 클리셰가 1년 안에 쓸모없어질 수도 있고 3년 후에 다시 유행할 수도 있다. 따라서 클리셰 체크리스트보다 클리셰를 파악할 수 있는 도구를 제공하겠다.

도구1 자신의 장르에 관해 계속 공부하는 것이 가장 중요하다.
계속 읽으라. 전부 읽을 수는 없겠지만 어떤 트롭을

써야 하고 어떤 클리셰를 피해야 하는지 최근의 경향을 파악할 수 있을 만큼은 읽어야 한다. 마치 게임을 하듯 같은 장르 안에서 나타나는 패턴을 최대한 많이 찾아보자.

도구 2 의식적으로 읽으라. 생각을 비우고 읽는 게 아니라 한 문장, 한 문장 집중해서 읽는다. 읽는 속도는 느려지겠지만 패턴을 더 잘 발견하게 될 것이다.

도구 3 언제든 참고할 수 있도록 메모를 하고 형광펜으로 칠하고 포스트잇을 붙여놓는다.

도구 4 자신의 감정을 이해하라. 해당 장르에 일반적인 트롭이나 클리셰가 무엇인지 알아차린다. 반복적으로 발견되는 트롭이나 클리셰를 볼 때 어떤 기분이 드는가? 나를 화나게 하는 작품과 푹 빠져들게 하는 작품의 차이는 무엇인가? 애정이 샘솟게 하는 책의 기법을 해부하고 그것을 참고해보자. 그것이 바로 트롭이다. 화나게 하는 것은 클리셰이니 쓰레기통에 버리라.

도구 5 온라인 서점이나 플랫폼에 들어가서 당신이 쓰는 장르 상위 100위까지의 작품을 확인해보자. 그중에서 읽고 분석할 책을 5권만 고른다. 상위 20위에서 3권, 50위에서 1권, 100위 부근에서 1권.

도구 6 클리셰 목록을 보고 당신의 소설에 클리셰가 들어 있지 않은지 확인한다.

도구 7 동일 장르의 책을 여러 권 읽을 때 주의해야 할 것들

- 주인공: 주인공의 성격에 패턴이 있는가? 예를 들면, 『헝거 게임』 같은 영어덜트 디스토피아 소설에는 주로 당차고 의지가 강하며 저항적인 주인공이 등장한다.

- 빌런: 빌런은 어떤 특징이 있는가? 그들은 어떤 식으로 소개되고 무엇을 원하는가? 어떤 식으로 죽음을 맞이하거나 잡히는가?

- 주제: 같은 장르에서 반복적으로 나타나는 주제가 있는가?

- 배경: 같은 장르에서 비슷한 분위기나 느낌이 발견되는가? 물리적인 환경도 살펴봐야 한다. 전쟁이 배경이라면 대개 군사 장비나 차량이 등장할 것이다.

- 플롯, 속도 및 긴장감: 해당 장르에서 이야기의 속도감에 공통점이 있는가? 처음에는 빠르고 중간에는 느려지다가 끝에서 다시 빨라지는가? 아니면 다른 식인가? 또는 빌런이 일으키는 긴장감에 공통점이 있는가?

- 표현: 문장을 구성하는 방식은 작가마다 다르지만 같은 장르에서 특정한 어조나 어구가 발견될 수 있다. 예를 들어 청소년 소설에는 "나는 깨달았다"라는 표현이 자주 나온다. 아직 어리고 경험이 부족한 10대 주인공이 소설 전반에 걸쳐 큰 깨달음을 얻는 순간이 많기 때문이다.

- 독자의 감정: 같은 장르의 소설을 읽을 때 똑같은 느낌을 받는가? 공포 장르를 읽을 때는 무섭고 소름이 끼치는가?

아니면 그저 충격과 역겨움을 느끼는가?

- 훅hook과 결말: 특별히 사용되는 훅①이 있는가? 범죄 소설에는 시체가 등장하고 청소년 소설에는 졸업식이 나올 것이다.

당신의 소설에 클리셰가 가득하다고 해도 낙담할 필요 없다. 클리셰를 전부 제거할 필요는 없기 때문이다. 적당히 사용했거나 역사적 맥락에 맞거나 먼저 원고를 읽어본 사람들이 알아차리지 못하고 넘어갈 정도로 미묘하다면 그냥 두어도 된다.

① 독자가 책을 계속 읽을 수밖에 없도록 관심을 확 사로잡는 책의 첫 몇 페이지

8단계 요약

- 클리셰는 너무 많이 사용되어서 예측할 수 있고 독창적이지 않은 단어, 구, 표현 또는 장면이다.

- 트롭은 특정 장르에서 반복적으로 발견되는 주제, 개념, 패턴을 말한다. 트롭은 그 소설이 어떤 장르인지 구분하도록 도와준다. 트롭은 새로운 이야기를 들려줌으로써 반복적으로 사용할 수 있다.

- 클리셰는 되도록 피하는 게 좋다.

- 클리셰도 '적당히' 사용하면 괜찮다. 클리셰를 꼭 써야 한다면 다른 참신한 요소들 속에 숨겨서 남들과 달라 보이게 만들라.

- 장르 소설을 쓸 때는 해당 장르의 트롭을 연구하고 지혜롭게 활용해야 한다. 트롭이 트롭인 데는 이유가 있다. 잘 먹히고 독자들이 좋아한다. 특별해지려고 트롭을 피하다 보면 해당 장르에서 벗어나게 될 수 있다.

생각해볼 질문

● 같은 장르에서 트롭 5개와 클리셰 5개를 찾아보자.

● 같은 장르에서 진부하지 않은 빌런 캐릭터를 세 명
찾아보자.

Step ⇥ 9

빌런과 공포의
상관관계

끔찍하지만
나도 모르게 끌리는 것

두려움은 독자에게만큼이나 작가에게도 중요하다. 두려움은
갈등과 더불어 줄거리, 감정, 긴장감의 원동력이다. 이 책은 공포
소설을 쓰는 방법을 알려주는 책은 아니지만, 공포감을 조성하는
방법을 알면 빌런 캐릭터를 만들 때 큰 도움이 된다.

두려움은 클라이맥스를 이끌어가는 원동력이다. 네 살짜리
꼬마는 막대기 같은 몸에 썩은 이빨이 가득한 무시무시한
몰골을 한 도깨비를 보면 바지를 적실지도 모른다. 꼬마는
양치질을 안 하고 자면 도깨비가 나타날 거라는 엄마의 말을
믿는다. 그러다 여덟 살이나 아홉 살 정도가 되면 제법 머리가
커져서 도깨비 따위는 존재하지 않는다는 사실을 깨닫는다.
도깨비는 처음부터 존재하지 않았지만, 아이의 상상 속에 심어진
도깨비는 스테로이드를 먹은 잡초처럼 무성하게 자라난다. 작은
씨앗 하나에서 무수히 많은 생각과 어두운 균열, 악마, 괴물이
자라난다. 우리 머릿속은 실재하지 않는 공포를 만들어낸다.

어른들은 세상에 악과 범죄자가 엄연히 존재한다는 것을 안다.
뉴스에서 워낙 부정적이고 끔찍한 사건을 요란하게 강조하다
보니, 무서운 빌런 캐릭터를 만드는 데 필요한 소재는 찾지
않아도 넘쳐난다. 잠재의식 속에 파묻힌 소재들을 현실감 있게
꿰어 살짝만 당기면 독자들은 공포에 질려 덜덜 떨면서도 저도
모르게 책장을 넘길 것이다.

공포감을 조성하기 위해 꼭 무서운 빌런이 필요한 것은 아니다.

독자에게 빌런과 공포에 대한 '생각'을 심어주기만 하면 된다. 심리학자들에 따르면 테니스를 치는 생각을 떠올리는 것만으로도 실제로 테니스를 칠 때와 똑같은 뇌의 부분이 활성화된다고 한다(강도가 살짝 약하기는 하지만). 주인공이 느끼는 감정이 사실적으로 그려진다면, 독자의 심장은 주인공의 심장과 똑같은 속도로 뛸 것이다.

사람은 무엇에서 공포를 느낄까?

공포는 고통이나 피해가 예상될 때 생기는 감정이다. 위협이 실제로 일어나지 않더라도 공포를 느낄 수 있다. 공포는 비이성적일 때가 많다. 엄지손가락만 한 거미가 과연 나를 해칠 수 있을까? 나는 확실히 거미를 짜부라뜨릴 수 있는데 말이다. 하지만 눈앞에 거미가 나타나면 이런 이성적인 판단을 할 겨를이 없다. 여섯 살짜리처럼 비명을 지르고 도망치기 바쁘다. 공포가 비이성적이라는 사실은 작가들에게 축복이다. 진짜 공포 상황을 만들지 않고 공포감만 심어주면 되니까. 나머지는 독자들이 알아서 할 것이다.

1999년 영화 〈블레어 위치〉가 나왔을 때 나는 겨우 열두 살이어서 그 영화를 볼 수가 없었다. 아버지는 영화를 보았고 나는 예고편만 보았다. 모두가 그 영화에 열광했기에 뭐가 그렇게 대단한지 궁금했다. 아버지에게 정말로 무서운지 물어보았더니 그렇다고 했다. 하지만 예고편에는 사람들이 이리저리 뛰어다니고 나뭇가지가 부러지는 모습과 거친 숨소리만 나올 뿐 괴물은 코빼기도 보이지 않았기에 믿기지 않았다. 괴물도 없는데 어떻게 무서울 수 있을까? 그래서 나는 아버지에게 이렇게 물었다.

"아빠, 그래서 거기에 뭐가 나오는데요?"

"음, 사실 그건 진짜로 '보이는' 게 아니야."

순간 머릿속에서 폭죽이 터졌다. 아버지의 대답은 이야기를 좋아하는 열두 살짜리의 머릿속을 헤집어놓았다. 그때 나는 아주 근본적인 사실을 깨달았다. 공포는 존재하지 않는다. 그것은 사람의 머릿속에 심어진 생각일 뿐이다. 그렇기에 사람마다 느끼는 공포도 다르다.

공포는 피와 괴물처럼 보고 느끼고 만질 수 있는 물리적인 공포와 눈에 보이지 않는 초자연적이고 심리적인 공포 사이를 순환한다. 〈식스 센스〉와 더불어 〈블레어 위치〉는 영화계가 심리적인 공포로 나아가는 계기를 마련해준 작품이다. 〈블레어 위치〉는 심리적인 공포를 조성하기 위해 카메라 앵글을 영리하게 사용하여 아무것도 보여주지 않으면서 일련의 암시를 만들었다. 우리는 이 영화가 주는 교훈을 잘 활용해야 한다. 암시는 실제 공포 대상만큼이나 무섭고, 독자의 상상력은 작가의 말보다 훨씬 강력하다. 따라서 독자의 상상력을 십분 활용하는 방법을 연구해야 한다.

공포는
끊임없이 변화한다

오늘날의 공포는 과거의 공포와 다르다. 사회와 대중매체가
공포를 변하게 했다. 우리의 공포 매뉴얼은 계속 바뀌고 있다.
화장실이나 공동묘지에 대한 공포는 서서히 옅어지고 있다.
대신 심리적인 공포가 대세가 되고 있다. 심리적인 공포는 영화
산업에서 시작되었지만 출판업계에도 스멀스멀 기어들어왔다.
예를 들어, 2010년대 초반에는 길리언 플린의 『나를 찾아줘』와
S.J. 왓슨의 『내가 잠들기 전에』, 폴라 호킨스의 『걸 온 더
트레인』이 출간되었다. 모두 베스트셀러가 된 심리 소설이다.

> **예시** 제임스 하월의 『기니 피그Guinea Pigs』
>
> 이 책에서는 물리적인 두려움과 심리적인 두려움을 둘
> 다 사용한다.
>
> "하이에나 한 마리가 그의 얼굴에 이빨을 들이대더니
> 눈알을 뽑았다. 다른 하이에나는 그의 코와 입을
> 물어뜯었다. 다리가 욱신거렸다. 대퇴동맥이 파열되어
> 피가 솟았고 그의 생명력은 빠르게 사라져갔다."

유혈이 낭자한 장면이지만 독자에게 공포심을 심어주는 것은
피 그 자체가 아니라 피를 둘러싼 맥락이다. 하이에나에게
산채로 잡아먹힌 이유는 몸을 움직이지 못하는 상태였기
때문이고(독자는 그가 그 상황을 두려워했다는 것을 알 수 있다),

그런 상황에 처한 것은 살인자가 그를 움직이지 못하게 만들었기 때문이다. 몸을 움직이지 못하게 되어, 두려움을 느끼면서도 아무것도 하지 못하고 꼼짝없이 하이에나에게 뜯어 먹히는 모습을 떠올리면서 다시 읽어보자. 더 무섭지 않은가?

『기니 피그』의 이 장면은 다음의 네 가지 요소가 하나로 묶여 심리적인 공포를 조성한다.

- 독자는 그가 몸을 움직이지 못하는 것을 두려워했음을 알고 있다.
- 그가 살기 위해 할 수 있는 것은 아무것도 없다. 죽음을 피할 수 없으므로 희망이 없다.
- 그는 연약한 상태였다.
- 여러 심리적 요인에 유혈이 낭자한 상황이 더해졌다.

위 예시의 세 번째 항목까지는 모두 감정적인 상태이지 유혈 낭자한 실제 상황과는 아무 상관이 없다. 유혈 낭자한 상황은 공포에 맥락을 제공한다. 심리적인 공포는 캐릭터가(따라서 독자가) 느끼는 감정적인 상태와 관련이 있다.

공포를
감지하라

글을 쓸 때 오감을 영리하게 활용하면 독자를 강하게 끌어들일 수 있다. 특히 공포감을 조성할 때는 감각을 잘 활용해야 한다. 두려움을 느꼈을 때를 떠올려보자. 감각이 예민해지면서 온몸이 공포 경고를 울려댔을 것이다. 공포는 단조롭지 않다. 공포는 날카롭고 숨쉬기 힘들고 따끔따끔하다.

글쓰기에 관한 아주 오래된 격언이 있다. "말하지 말고 보여주라." 보여주라는 것은 모든 챕터에서 연쇄살인범을 내세우라는 말이 아니다. 안톤 체호프의 명언도 있지 않은가. "달빛이 밝다고 말하지 말고 깨진 유리 조각에 비친 달빛을 보여달라."

공포감 조성도 마찬가지다. 살인마가 피투성이 칼을 들고 앞에 서 있다고 말하지 말고 그 칼이 놓여 있었던 테이블과 바로 앞에서 끊긴 핏방울을 보여주라. 천천히 울리는 발자국 소리나 10년 넘게 잠겨 있었던 자물쇠가 철컥거리는 소리를 들려주라.

공포를 느끼면 얼굴은 하얗게 질리고 눈을 빠르게 깜빡거리며 땀방울이 등을 타고 흘러내리고 온몸은 팽팽하게 긴장한다. 공포는 감각 때문에 고조되는 신체적 반응이다. 빌런이 주인공에게 이런 반응을 자극해야만 독자도 같은 감정을 느낄 수 있다.

감각을 사용하여 주인공이(그리고 독자가) 느끼는 공포감을 고조하라. 심리적인 두려움을 만드는 기술 중 하나는 독자들에게 끔찍하거나 무서운 일이 다가오고 있다는 것을 알려주되 그것이 무엇인지, 언제, 왜 일어날지에 대한 정보는 주지 않는 것이다. 〈블레어 위치〉가 완벽한 예다. 영화 내내 끔찍한 무언가가 주인공들을 사냥하고 있다는 걸 알려주지만 그게 무엇인지는 알 수 없다. 의도적으로 정보를 숨기거나 다른 방향으로 유도하거나 암시를 주는 것만으로도 무서운 빌런을 만들 수 있다. 환경과 배경, 정보 격차를 이용해 독자에게 생생한 감정을 일으키는 것도 가능하다. 갑자기 내리치는 천둥 같은 클리셰만 피하라.

장애물과
공포

클라이맥스에 도달하기까지, 주인공 앞에는 극복하기 어려운 수많은 장애물과 장벽이 놓여 있어야 한다. 그 장애물은 빌런 또는 안타고니스트에게서 나온다. 긴장감 조성에 효과적인 장애물은 다음과 같다.

- 그 자체로 무서운 장애물: 배고픈 악어가 득실거리고 면도날과 바이러스 묻은 주삿바늘도 가득 쌓인 화산 옆을 지나는 것처럼 그 자체로 공포를 자극하는 대상이 있다(공포 요소는 장르에 어울려야 한다).
- 그 자체로 무섭지는 않지만 주인공이 두려워하는 장애물: 예를 들어, 빌런이 주인공의 친구를 납치해 300층 높이의 유리 탑 꼭대기에 가뒀는데 주인공은 고소공포증이 있다는 식이다. 고소공포증은 그렇게 흔하지 않다고? 그런 건 상관없다. 당신의 주인공이 두려워한다면 그것이 캐릭터의 장벽이고 그가 느끼는 공포는 고스란히 독자에게 전달된다.

로맨스 장르에서도 심리적인 두려움을 사용할 수 있다. 클라이맥스에서 주인공이 마침내 연인에게 사랑을 고백하며 청혼한다고 해보자. 독자들은 그 커플이 이어지기를 원한다. 하지만 주인공은 한 사람에게 매이는 것을 두려워한다. 독자들이 원하는 결말까지 가기 위해서 주인공은 헌신에 대한 두려움을 이겨내야만 한다. 이 경우, 주인공에게 그런 두려움을 심어준 것은 바로 내면의 빌런(→116쪽 참조)이다.

5단계에서 빌런은 이기기 어려워야 한다고 강조했다. 그 사실을 여기에서 다시 한번 강조하는 이유는, 빌런이 이기기 어려울수록 공포심도 커지기 때문이다. 주인공이 클라이맥스에서 넘어야 할 장벽(과 빌런)은 도저히 극복할 수 없는 것처럼 보여야 한다. 그렇지 않으면 빌런을 물리치려는 주인공의 분투가 그럴듯하게 느껴지지 않을 것이다. 당신의 히어로는 빌런을 쉽게 이길 수 없어야 하고 빌런을 이기기 위해 변화를 겪어야만 한다(캐릭터 아크). 히어로는 빌런을 이길 수 있지만 변하지 않고는 불가능하다. 그는 성장하고 변화하고 두려움을 물리치면서 승리를 위한 여정을 거쳐야만 한다.

9단계 요약

● 공포의 대상 없이도 독자에게 공포심을 심어줄 수 있다.

● 공포에 대한 '생각'을 심어주면 된다.

● 테니스를 치는 생각만 해도 실제로 테니스를 칠 때와 똑같은 뇌의 부분이 활성화된다.

● 공포는 고통이나 피해가 예상될 때 생기는 감정으로, 비이성적이다.

● 공포에는 물리적인 공포와 심리적인 공포가 있다.

● 보이는 것보다 보이지 않는 것이 더 무섭다. 그것이 바로 심리적인 공포다.

● 암시를 이용해 공포감을 일으키자.

● 독자의 상상력은 작가의 말보다 훨씬 강력하다.

● 오감을 모두 자극하라.

● 의도적으로 정보를 숨기거나 다른 방향으로 유도하거나 암시를 주는 것만으로도 공포를 자극할 수 있다.

● 주인공이 공포를 느끼면 독자도 공포를 느낀다. 그러나 독자가

믿지 않으면 공포심은 생기지 않는다.

● 무서운 장면보다 그 장면을 둘러싼 맥락이 공포감을 일으킨다.

생각해볼 질문

● 가장 좋아하는 히어로와 빌런을 세 명씩 떠올려보자.
히어로는 무엇을 두려워하는가? 빌런은 히어로의 공포를 어떤
식으로 이용하는가?

● 작가가 감각을 이용해 공포 분위기를 고조시킨 사례를
찾아보자.

Step ›› 10

빌런의
정신 질환

정신 질환 올바르게
활용하는 법

이 장은 분위기가 살짝 다르다는 말을 먼저 해야겠다. 나는 6년
넘게 심리학을 공부했기에 정신 건강에 관심이 많고, 정신에
해로운 영향을 미치는 요인들에 대해 조사하고 연구해왔다.
그래서 이 장에서는 가벼운 농담이나 비유를 자제하려고 한다.

사악한 빌런 캐릭터를 만들기 위해 정신장애를 사용해야
하는지에 대해서는 논쟁의 여지가 없다. 우려하는 사람도 있지만
어쨌거나 정신장애는 빌런의 특성으로 사용되고 있다. 그것도 꽤
자주 말이다.

분명히 말해두지만, 정신 질환이 있는 사람이 무조건
빌런이라는 말이 아니다. 빌런은 반드시 정신 질환이 있다는 것도
아니다. 하지만 지금까지 문학과 영화 등에서 정신 질환이 있는
훌륭한 빌런이 등장해왔다. 안타까운 점은 정신 질환이 대부분
진부하거나 미묘하게 차별적인 방식으로 사용되었다는 것이다.

나는 지금까지 개인적인 견해를 강요하지 않으려고 노력했다.
적어도 그것이 옳거나 유일한 관점이라고 주장하지는 않았다.
하지만 이 장에서만큼은 내 견해를 소리 높여 외치려고 한다.

캐릭터의 특징으로 정신 질환을 이용하는 것은 문제가 되지
않는다. 하지만 고정관념에 기반을 두는 경우가 너무 많다.
그런 영화나 책이 인기를 끌면 편견과 무지가 심해지고 잘못된
고정관념이 뿌리박힌다. 그래서 나는 이 장에서 정신 질환을
다루기로 했다. 작가들이 잘못된 정보로 캐릭터를 만들며

실수하는 일이 없도록 임상심리학자의 검수를 거쳤다. 정신
질환이 있는 빌런을 만들 때는 특정한 사람들에게 낙인을 찍는
일이 없도록 사전에 그 질환에 대한 정확한 정보를 알고 있어야
한다.

고정관념은 복잡한 개념을 단순화하기 위해 사용된다.
일반화는 우리가 이해하기 힘든 행동이나 특성을 단순화할
목적으로 만들어진다. 우리가 인간보다 로봇에 가깝다고
생각해본 적이 있는가? 생각해보자. 우리는 최면에 걸리고
세뇌되고 집단의 압력에 따라 재프로그래밍된다. 이제는 사회가
우리 대신 선택을 내려준다. 우리는 거식증에 걸린 것 같은 비쩍
마른 몸매와 물질주의를 찬양하도록 프로그래밍되었다.

실제로 우리는 비슷한 사람들에게 둘러싸여 있어서 조금이라도
다른 것은 무섭고 이상하고 사악하거나 위험하다고 여긴다. 그런
면에서 우리는 순종적인 로봇과 다름없다. 우리는 엄격하게
제어된 '정상적인' 사람들만 받아들인다. 정신 질환 환자들은 허용
가능한 기준에서 벗어나는 행동을 할 때가 많다. 그들이 빌런으로
자주 사용되는 이유도 그 때문이다. 빌런은 '정상'에서 벗어나
있으니까.

정신 질환 캐릭터를
만들기 전에 알아둘 점

정신 질환이 있는 제대로 된 빌런을 만들고 싶다면 그 질환을

사실적으로 묘사해야 한다. 증상, 행동 패턴, 복용하는 약, 트리거, 사람들과의 관계 등 전부. 안타깝게도 정신장애는 이 책에서 모두 다루기 어려울 정도로 종류가 많다. 영화와 드라마, 소설에는 다양한 질환이 나오지만 일반적으로 빌런 캐릭터에게 가장 많이 사용되는 것은 성격장애다.

성격적 특징 및 정신 질환과 관련된 더 자세한 캐릭터 분석이 궁금하다면 린다 N. 에델스타인 박사의 『작가를 위한 캐릭터 특성 안내서The Writer's Guide to Character Traits』를 읽어보기 바란다. 심리학자와 작가의 관점이 아주 잘 어우러져 있다. 캐릴린 코프먼이 쓴 『작가들을 위한 심리 안내서The Writer's Guide to Psychology』도 정신 질환이 있는 캐릭터와 치료, 관련 장면을 사실적으로 표현하도록 도와주는 환상적인 참고 도서다.

조현병

조현병은 과거 정신분열증이라고 불렸다. 영화를 비롯한 미디어에서 조현병을 다중 인격 장애MPD, Multiple Personality Disorder와 혼동하는 경우가 많은데, 이 둘은 큰 차이가 있다. 조현병은 생각과 감정, 행동에 영향을 끼치는 정신 질환이다. 망상과 환각, 환청이 대표적인 질환이며 일반적인 생각과 달리 꽤 흔한 질환이기도 하다. 조현병의 유병률(조현병에 속하는 한두 가지 증상을 보이는 것부터 중증의 증상까지 모두 포함)은 성인 100명 중 1명 정도다. 조현병에 대한 또 다른 오해는 조현병 환자가 폭력적이라는 것인데, 그렇지 않다. 일부 증상이 공격적이거나 폭력적인 행동으로 이어질 수 있지만 드문 편이다.

양성 징후[①]

⚠ 주의: 모든 조현병 환자에게 나타나는 증상은 아니다.

• 환각: 환각은 청각, 시각, 촉각, 미각, 후각을 포함한 모든 감각에 영향을 미칠 수 있다. 환각의 형태는 다양하지만 시각적 환각과 청각적 환각(환청)이 가장 흔하다. 환청의 경우 환자가 아는 목소리와 모르는 목소리가 모두 들릴 수 있다. 어조, 음높이, 내용, 심지어 언어까지 사람마다 다르게 들린다. 즉 어떤 목소리가 환자에게 어떤 행위를 저지르라고 명령하거나 상황을 해설해줄 수 있다는 것이다. 목소리는 1인칭일 수도, 3인칭일 수도 있다.

• 망상: 망상은 조현병 환자가 갖고 있는 믿음으로, 망상이 있는 조현병 환자는 다른 사람들과 다르게 세상을 인식한다. 예를 들어 조현병 환자는 어떤 사람, 외계인, 정부, 친구, 심지어 가족이 자신에게 계략을 꾸미고 있다고 생각하는 편집증을 보일 수 있다. 때로 자신이 유명한 사람이라고 생각하는 과대망상을 보이기도 한다.

• 와해된 사고와 행동: 사람마다 다르게 나타난다. 어떤 사람은 말이 느려지고 어떤 사람은 빨라지는 식이다. 문장을 완벽하게 말하다가도 갑자기 맥락 없이 중구난방으로 말하기도 한다.

① 평범한 사람들에게는 나타나지 않는 증상

- 느린 작업 동작
- 수면 패턴 이상
- 의욕의 저하 또는 결여
- 위생 불량
- 말이 없음
- 목표 설정 또는 체계화가 어려움
- 눈을 마주치지 않음
- 보디랭귀지 변화
- 감정의 범위 감소(정서적인 냉담)
- 사교나 취미에 관한 관심 감소
- 성욕 저하

이러한 음성 증후는 양성 증후보다 덜 심각해 보이지만 더 오래 지속되므로 환자에게는 더 중요하다. 조현병은 동반 질환율이 높다. 다른 질환을 동반하는 경우가 많다는 뜻이다. 보통은 약물 남용과 불안, 우울증이 따른다. 강박 장애OCD, 외상 후 스트레스 장애PTSD, 공황장애 등도 발견된다.

작가가 알아야 할 것

✓ 조현병 환자가 폭력적인 경우는 드물다. 조현병이 있는 빌런이 폭력적이라면 다른 이유가 있어야 한다.

✓ 모든 조현병 환자가 앞에서 예로 든 증상을 전부 보이지는 않으며, 특히 환각이나 망각 증상은 지속적이지 않다.

② 정상적으로 나타나야 할 행동이 나타나지 않는 것

✔ 조현병은 다른 질환을 동반하는 경우가 많으므로 빌런 캐릭터에게 다른 질환을 추가하는 것도 고려해볼 만하다. 또한 처방 약이 부작용을 일으킬 수도 있다.

✔ 조현병 환자는 목소리가 들리지 않도록 헤드폰으로 음악을 듣거나 잠을 자는 등 다양한 방식으로 증상을 관리한다.

✔ 조현병은 아동 학대 같은 외상성 질환에 의해 생길 수도 있다.

소설과 영화에서 보는 조현병

〈스파이더맨〉의 그린 고블린은 조현병이 있다. 〈뷰티풀 마인드〉, 〈도니 다코〉, 〈스캐너 다클리〉, 〈셔터 아일랜드〉 같은 영화에는 빌런이 아니지만 조현병이 있는 캐릭터가 등장한다. 스티브 로페즈가 쓴 동명의 소설을 영화화한 〈솔로이스트〉는 실존 인물 너새니얼 에이어스의 이야기를 그렸다.

해리성 정체 장애

해리성 정체 장애DID는 한 사람 안에 둘 이상의 인격이 존재하는 장애의 일종이다. 다중 인격 장애MPD나 이중인격이라고도 한다. 이 장애가 있는 빌런은 다른 인격의 기억을 떠올리지 못한다. 어떤 인격의 '행동'과 경험을 그 인격만 기억하는 것이다. 다른 인격이 지배하면 그 기억은 잊는다. 동반되는 다른 증상은 다음과 같다.

• 우울증

- 기분 변화
- 자살 충동
- 수면 장애
- 섭식 장애
- 약물 남용
- 환각
- 두통
- 기억상실
- 시간 손실
- 자해

작가가 알아야 할 것

당신의 빌런에게 해리성 정체 장애가 있다면 다른 인격일 때 일어난 일을 기억하지 못한다는 사실을 명심해야 한다. 하나의 인격이 지배했을 때 하는 행동과 일어나는 일은 그 인격만 기억할 수 있다. 다른 인격이 지배할 때는 기억이 사라진다.

각각의 인격은 성별, 인종, 나이, 몸짓, 행동, 버릇, 화법 등 저마다 뚜렷한 특징을 가지고 있을 것이다. 따라서 빌런 캐릭터가 해리성 정체 장애라면 모든 인격을 기초부터 다르게 만들어야 한다.

소설과 영화에서 보는 다중 인격 장애

해리성 정체 장애가 있는 빌런 캐릭터는 매우 많다. 다중 인격이 비교적 정확하게 그려진 캐릭터들도 있지만, 그저 다중 인격에서 영감을 얻어 만들어진 캐릭터도 있다. 〈다크 나이트〉의

하비 덴트(투페이스), 소설과 영화 〈지킬 박사와 하이드〉의 지킬 박사, 〈파이트 클럽〉의 타일러 더든, 〈23 아이덴티티〉의 케빈 등이 대표적이다. 배트맨과 슈퍼맨처럼 다중 인격 장애의 경계에 놓인(임상적으로 분류되지 않은) 캐릭터도 많다.

경계성 성격장애

경계성 성격장애BPD(경계성 인격장애라고도 한다)는 신경증과 정신증의 경계를 넘나든다고 해서 붙여진 이름이다. 자기 정체성과 정서, 대인 관계가 불안정하며 충동적이다. 어느 날은 애정을 보였다가 다른 날은 경멸한다든가, 갑자기 뜨거운 사랑에 빠졌다가 버림받을지도 모른다는 공포에 휩싸이는 등 종잡을 수 없는 모습을 보인다. 경계성 성격장애 환자들은 강렬한 감정에 휩쓸리며 그 감정에 제대로 대처하지 못하는 경우가 많다. 그래서 보통은 인간관계가 좋지 않으며 매우 충동적인 행동을 보인다.

조현병과 비슷하게 경계성 성격장애의 유병률은 성인 100명 중 1명꼴이다. 그리고 우울증, 조울증, 약물 남용부터 섭식 장애, 불안 장애까지 다양한 질환이 동반되는 경향이 있다.

경계성 성격장애가 있는 사람들은 어린 시절 외상 경험이나 부적절한 양육으로 인해 불안정한 애착을 보이는 경우가 많다. 결과적으로 경계성 성격장애 환자들은 타인은 믿을 수 없고 자신을 스스로 돌봐야 한다는 식의 내적 작동 모델internal working model을 만든다. 어린 시절에 적절한 감정 모델을 형성하지 못하여 감정 조절에 어려움을 겪었기 때문이다.

경계성 성격장애의 증상은 다음과 같다.

- 고립감, 공허감, 권태감
- 타인에 대한 공감 능력이 부족하거나 아예 없음
- 자신과 타인에 대한 부정적인 믿음이 자신에 관한 생각을 왜곡시킴
- 강렬한 사랑과 극심한 증오 사이를 오가는 불안정한 관계가 계속됨
- 몇 시간에서 며칠 동안 지속되는 변화무쌍하고 예측할 수 없는 기분
- 버림받거나 거절당하는 것에 대한 강한 두려움. 그런 일이 일어날지도 모른다는 생각만으로 극도로 감정적인 반응을 보임
- 불안, 걱정, 우울증
- 적대감
- 술, 마약, 안전하지 않은 섹스, 무모한 운전, 자해 등 위험하거나 자기 파괴적인 충동적 행동
- 목표나 계획 수립의 어려움

작가가 알아야 할 것

∨ 경계성 성격장애는 남성보다 여성에게 많이 나타난다고 알려져 있다. 그렇다고 이 장애를 가진 남자 빌런이 있을 수 없다는 뜻은 아니다.

∨ 경계성 성격장애 환자는 자해와 약물 남용 문제가 있으며, 인간관계 유지가 어렵다.

✔ 경계성 성격장애 환자는 극심한 감정 변화 때문에 관계를
지속하기 어려우면서도 친밀한 관계를 갈망하기 때문에 심한
고립감을 느끼며 살아간다.

✔ 보통은 하나 이상의 증상이 일정한 간격으로 나타나고,
대부분 평생 지속된다.

✔ 경계성 성격장애의 원인은 다양하지만, 어린 시절의 충격적인
사건이 이유가 되곤 한다. 당신의 빌런이 경계성 성격장애
환자라면 과거에 일어난 주요 사건 또는 일련의 사건들을
설정해주어야 한다.

✔ 경계성 성격장애 환자는 자주 자살 충동을 느끼며, 자해
성향을 동반하기도 한다.

소설과 영화에서 보는 경계성 인격 장애

〈위험한 정사〉의 알렉스 포레스트, 수재나 케이슨의 회고록을
영화화한 〈처음 만나는 자유〉의 수재나(반영웅), 〈뻐꾸기 둥지
위로 날아간 새〉의 간호사 래치드. 아돌프 히틀러와 에일린
워노스는 경계성 성격장애가 있었던 실존 범죄자다.

강박 장애와
강박성 성격장애

강박 장애

강박 장애의 대표적인 클리셰는 집착적으로 손을 씻는

행동이다. 이런 빌런 캐릭터는 꽤 익숙할 것이다. 하지만 영화와 소설에서 강박 장애와 강박성 성격장애는 혼동되는 경우가 많다. 중요한 것은 강박 장애는 불안 장애고, 강박성 성격장애는 성격장애라는 것이다. 강박 장애는 다음의 두 가지 특징이 나타난다.

> ✔ 첫 번째 특징은 강박관념이라고 불리는 통제할 수 없는 강박적이고 반복적인 생각이다. 보통 불쾌한 생각이며 때로는 이미지의 형태로 나타나고 불안과 고통을 일으킨다.
> ✔ 두 번째 특징은 불쾌한 생각을 없애려는 강박적이고 반복적인 행동 또는 정신적인 활동이다.

이 둘은 함께 일어난다. 예를 들어, 집에 물이 넘칠까 봐 걱정스럽다면 수도꼭지를 꼭꼭 잠갔는지 반복적으로 확인할 것이다. 마찬가지로, 병에 걸릴까 봐 두렵다면 강박적으로 청소를 할 수 있다. 강박사고를 유발하는 두려움은 대개 다음과 같다.

- 제어력 상실
- 원치 않는 성적인 생각
- 종교적 집착
- 미신
- 다른 사람에게 해를 끼치는 것에 대한 두려움
- 완벽주의
- 오염

강박 행동은 보통 다음과 같다.

- 어떤 행위를 반복함
- 과도한 점검, 씻기, 청소
- 과거의 일이나 미래의 가능성을 머릿속으로 계속 검토하는 것
- 저장 강박hoarding

강박성 성격장애

강박성 성격장애는 성격장애라는 점에서 강박 장애와 다르다.
강박성 성격장애는 스스로 정한 불합리하게 높은 기준에 따라
환경을 통제하려고 한다. 그들은 다른 사람들의 눈에 완벽하지
않거나 무능해 보일지 모른다는 비이성인 두려움을 안고 있다.
그래서 일련의 엄격한 규칙에 따르며, 규칙을 지키지 못할 때
극심한 불안을 느낀다. 일반적으로 강박성 성격장애 환자는 질서,
완벽함, 통제에 집중하고 유연성, 개방성, 효율성이 떨어진다.
강박성 성격장애의 주요 증상은 다음과 같다.

- 정작 중요한 부분이 뒤로 밀려날 정도로 세부 사항이나 규칙,
  목록, 순서, 체계, 일정에 집착한다.
- 무엇이든 엄격한 체계에 따라 완수되어야 한다고 생각하며,
  상황을 통제하지 못하면 분노하거나 원망 대상을 찾는다.
- 자신에게 완벽함과 높은 기준을 요구한다. 그 기준과
  완벽함은 과제의 완수에 지장을 줄 정도로 중요하다.
- 여가 활동과 친구 관계를 제쳐놓을 정도로 업무와 생산성
  개선에 헌신하므로 과잉 성취자나 일중독으로 비치기 쉽다.

- 지나치게 양심적이고 신중하며 도덕, 윤리, 가치관의 문제에 융통성이 없어서 다른 사람들의 견해를 무시하기도 한다.
- 물건을 강박적으로 모으고 버리지 못한다.
- 다른 사람에게 일을 맡기는 것을 강하게 거부하며 다른 사람들이 자신의 방식을 따라주지 않으면 함께 일하는 것도 꺼린다.
- 돈에 인색하다.
- 경직성, 완고함, 융통성 없음

작가가 알아야 할 것

✔ 강박 장애가 있는 사람은 자신의 강박증이 비이성적이라는 사실을 알지만 그만둘 수 없다. 반면 강박성 성격장애는 그들의 기준이 터무니없이 높다는 사실을 모른다. 그 기준에 따라야만 과제를 제대로 완수할 수 있다고 생각한다.

✔ 이 장애를 가진 환자는 타인에게 도움을 구하는 것을 꺼린다는 점을 고려해야 한다. 주변 사람에게 장애를 비밀로 할 수도 있을 것이다.

✔ 강박성 성격장애는 비교적 일반적이다. 인구의 최대 10퍼센트가 강박성 성격장애이며 그 사실을 미처 모르는 사람도 많다.

소설과 영화에서 보는 강박 장애와 강박성 성격장애

- 강박 장애 캐릭터: 〈레인 맨〉의 레이먼드 배빗(자폐증 환자이기도 함), 〈이보다 더 좋을 순 없다〉의 멜빈 유돌, 〈에비에이터〉의 하워드 휴즈

- 강박성 성격장애 캐릭터: 〈프레이저Frasier〉의 나일스 크레인, 〈프렌즈〉의 모니카.
- 〈몽크〉의 에이드리언 몽크는 강박 장애와 강박성 성격장애의 특징을 모두 보인다.

자기애성 성격장애

자기애narcissism성 성격장애 환자들은 보통 지나친 자만심과 동경의 대상이 되고자 하는 욕망을 보인다. 자신은 존경과 관심을 받아야 한다고 생각하지만, 타인에 대해서는 공감 능력이 떨어지는 경우가 많다. 자기중심주의가 강한 겉모습 뒤에는 사소한 비판에도 크게 타격받는 극도로 낮은 자존감과 연약한 성격이 자리한다. 자만심이 부풀려지면 사회적으로 용납될 수 없는 행동을 보이게 되므로, 직장에서나 대인 관계에서나 일상적으로 문제가 발생한다.

주요 증상은 다음과 같다.

- 자신에 대한 과대평가
- 자신의 재능에 대한 과장
- 대접받고자 하는 기대(합당한 자격이 없을 때도)
- 성공에 대한 환상과 과대망상
- 자신이 우월한 존재이며, 본인처럼 우월한 사람만 자신을

이해할 수 있다는 생각

- 동경의 대상이 되고 싶은 욕망
- 다른 사람을 이용하거나 조종해서 원하는 것을 얻으려고 함
- 특별 대우 및 특혜 기대
- 오만함
- 타인에 대한 공감과 이해의 부족
- 다른 사람들이 자신을 부러워한다고 생각

작가가 알아야 할 것

- ✔ 자기애성 성격장애인들은 사실 자존감이 극도로 낮다.
- ✔ 슈퍼히어로 중에는 자기애성 성격장애가 많다. 토르와 헤라클라스가 대표적이다.

소설과 영화에서 보는 자기애성 성격장애

〈악마는 프라다를 입는다〉의 미란다 프리스틀리, 〈미녀와 야수〉의 가스통, 『해리 포터』의 길더로이 록하트, 〈아메리칸 사이코〉의 패트릭 베이트먼

소시오패스, 사이코패스, 반사회성 성격장애

숙련된 정신과 의사들과 심리학자들은 소시오패스와 사이코패스를 구분하지 않고 둘 다 반사회성 성격장애로 보는

경향이 있다. 하지만 이 책에서는 구분해서 설명하기로 했다. 두 질환에는 법이나 규칙 무시, 정서적 냉담함, 폭력적인 행동, 반성 없는 태도 등 몇 가지 유사점이 있다. 소시오패스와 사이코패스의 차이점은 그들의 태도에서 나타난다.

소시오패스는 변덕이 심하고 불안하며 긴장하는 모습을 보인다. 그들은 사이코패스와 달리 감정을 폭발시키는 등 통제되지 않는 모습을 보이며 고립된 생활을 할 가능성이 크다. 또한 체계적이지 못하고 즉흥적인 범죄를 저지를 수도 있다.

사이코패스는 더 통제된 모습을 보인다. 하지만 정서적으로 극도로 냉담하기 때문에 공감이나 관계 형성이 불가능하다. 경쟁에 능하고 매력적이며 사람들을 교묘하게 조종해 신뢰를 얻는 능력 덕분에 사회적으로 안정된 생활을 하고 있을 가능성이 있다. 사이코패스는 범죄를 치밀하게 계획하고 실행할 수 있다. 이 경우 유죄판결을 받지 않고 법망을 무사히 빠져나가기도 한다.

작가가 알아야 할 것

✓ 사이코패스와 소시오패스는 빌런 캐릭터에 자주 사용되는 정신 질환이다. 하지만 클리셰로 빠지지 않도록 조심해야 한다. 빌런의 행동에 분명한 동기가 있어야 한다.

✓ 반사회성 성격장애는 여성보다 남성에게 많이 나타난다.

✓ 소시오패스와 사이코패스 모두 인간관계를 유지하기가 어렵지만 그래도 소시오패스가 애착 관계를 형성할 가능성이 좀 더 있다.

소설과 영화에서 보는 소시오패스와 사이코패스

〈덱스터〉의 덱스터, 〈다크 나이트〉의 조커, 〈아메리칸 사이코〉의 패트릭 베이트먼, 〈양들의 침묵〉의 한니발 렉터, 〈미저리〉의 애니 윌크스, 〈리플리〉의 톰 리플리. 〈하우스〉의 그레고리 하우스가 소시오패스라는 견해도 있다.

10단계 요약

● 정신 질환이 있는 캐릭터를 설정하려면 특정한 사람들에게 오명을 남기지 않도록 정확한 조사를 해야 한다.

● 꼭 확인해야 할 것들:

· 해당 질환 전반
· 약물 치료 방식
· 증상
· 행동 패턴
· 트리거
· 심각도
· 대처 전략
· 반응
· 유병률
· 환자가 자신의 질환을 인지하고 있는지

생각해볼 질문

- 가장 좋아하는 빌런들을 떠올려보자. 그 빌런은 정신 질환이 있는가? 있다면 정확하게 묘사되었는가?

- 캐릭터에게 정신 질환을 설정해주려는 이유는 무엇인가? 캐릭터의 깊이를 살리기 위해서인가, 아니면 자신도 모르게 클리셰를 사용하는 것인가?

Step ›› 11

갈등과
클라이맥스

갈등

갈등은 모든 소설의 토대다. 갈등이 없는 소설은 저승사자가
와서 끌고 간다. 아무리 훌륭한 의사라도 그런 소설은 살려낼
수 없다. 심폐 소생술을 하고 아드레날린 주사를 놓아도
살아나기 힘들다. 갈등은 이야기의 산소이므로 갈등이 없는
소설은 꼼짝없이 저승행이다. 히어로 캐릭터를 아끼는 마음에
빌런·안타고니스트·갈등으로 히어로를 괴롭히기가 쉽지 않을 수
있지만, 마음을 강하게 먹어야 한다.

빌런은
갈등의 근원이다

이야기 속에는 주인공을 불안하게 하는 요소가 많지만(간발의
차이로 집배원을 만나지 못했다든가, 부모님에게 잔소리를
듣는다든가, 갑자기 설사 신호가 온다든가) 가장 큰 갈등은 항상
빌런에게서 나와야 한다.

다시 말하자면 주인공이 목표에 도달하기 위해 견뎌야 하는
고통은 우연이거나 무작위여서는 안 된다. 주인공 아버지의
목숨을 빼앗은 것은 빌런의 짓이어야 한다. 만약 빌런이
겁쟁이라면 아버지의 등에 직접 칼을 꽂지는 못해도 분명히 그를
죽음으로 몰고 갈 계략을 꾸밀 것이다. 크립토나이트는 슈퍼맨의

약점이지만 그걸 구해서 슈퍼맨을 망가뜨리는 사람은 렉스 루터다.

어중간하지 않게,
구체적으로

갈등은 어중간해서는 안 된다. 어중간한 갈등은 금요일에
술집에서 테킬라 반 잔을 주문하는 것과 같다. 좀생이나 겁쟁이만
그렇게 한다. 기왕 마실 거면 제대로 마셔야 한다. 물론 그랬다가
다음 날 아침에 어마어마한 숙취에 시달리겠지만, 술로 인한
숙취와 달리 책으로 인한 숙취는 누구나 좋아한다.

또한 갈등은 구체적이어야 한다. 그래야 히어로와 빌런이
대결에 최선을 다할 것이다. 미친 과학자가 전염병 바이러스를
방출할지 어떨지 확실하지 않을 때 세상을 구하려고 나서는
히어로는 없다. 하지만 친구의 올케의 사촌에게 그 병이
타조에게만 영향을 준다는 말을 듣는다면? 그렇다. 구체적이어야
한다. 히어로와 빌런의 목표에 갈등을 연결하라.

 〈다크 나이트〉

〈다크 나이트〉에서 투페이스는 배트맨이 자신을
구하느라 연인 레이첼이 죽게 되자 배트맨을 증오하게
된다. 투페이스는 배트맨을 비난하고 조커는 그런
그에게 레이첼의 죽음과 조금이라도 관련 있는
사람들에게 전부 복수하라고 꼬드긴다.

이 갈등은 매우 구체적이다. 투페이스의 목표는 배트맨뿐만
아니라 레이첼을 구하지 못한 모든 사람에게 복수하는 것이다.

빌런의 표적은
뭔가 달라야 한다

히어로가 빌런에게 펀치를 날리게 하려면 갈등이 분명한 표적을
향해야 한다. 구체성에 대한 이야기처럼 들리겠지만 아니다.
똑같지 않다. 만약 빌런이 열 번째 사이드 캐릭터의 반려뱀을
죽이겠다고 협박한다면, 슬픈 일이긴 하지만 그다지 신경 쓰이지
않을 것이다. 하지만 빌런이 주인공의 반려뱀을 죽이겠다고
협박한다면, 상황은 달라진다. 특히 그 뱀이 주인공이 어린 시절
주인공과 그의 동생을 구해준 적이 있다면? 그런 사정이 있는
소중한 뱀이라면 독자는 당연히 관심이 생길 것이다.
　빌런도 마찬가지다. 빌런이 주인공의 반려뱀을 죽이려는
사실적이고 '표적화된' 이유가 있어야 한다. 그 뱀의 피가 빌런이
퍼뜨리려는 전염병의 유일한 치료법이라거나 주인공이 키우기
전에 빌런의 동생을 물어서 죽였다거나.

중요한 것을
건드려라

집중하라. 여기가 바로 작가가 지휘봉을 힘차게 흔들어야 하는
부분이다.

어떤 갈등을 설정하든 반드시 의미가 있어야 한다. 갈등은
주인공의 가치관과 복잡하게 연결돼 있어야 한다. 주인공에게
가장 중요한 것은 무엇인가? 그의 가장 큰 두려움은 무엇인가?
목숨까지 바칠 수 있는 대상이 있는가? 이것들이 바로 주인공이
싸워야 하는 이유다.

나를 예로 들어볼까? 내겐 가족과 친구들이 중요하다. 하지만
내 노트북과 커피에 손대는 사람은 가만두지 않을 것이다.

> **예시** 〈헝거 게임〉
>
> 캣니스는 무엇보다 가족을 중요하게 여긴다. 그래서
> 스노우 대통령이 개최하는 헝거 게임의 조공인
> 추첨에서 여동생 프림로즈가 뽑혔을 때 그들의 갈등은
> 개인적인 성격을 띠게 된다. 프림로즈가 뽑힘으로써
> 캣니스와 스노우 대통령은 적이 된다.

빌런은 주인공의 가장 소중한 것을 건드려야 한다. 그래야
주인공도 자신의 모든 것을 바쳐 빌런과 맞설 것이다. 캐릭터가
싸움에 감정을 이입한다면 독자 역시 그럴 것이다.

신뢰성에서
현실성이 나온다

작가의 상상력이 아무리 뛰어나다고 해도 갈등은 현실적이어야
한다. 물론 작가는 무엇이든 그럴듯하게 느껴지도록 쓸 수 있다.
하지만 히어로가 슈퍼맨이고 그와 대적할 상대가 두 살배기
아이라면 충분한 갈등이 생겨날 수 없다. 히어로에 필적하는
빌런이 필요하다. 렉스 루터나 조드 장군처럼 슈퍼맨을 상대로
막상막하로 싸울 수 있는 빌런 말이다.

현실성은 갈등 창조와 관련된 모든 요소를 합쳐야 성립된다.
현실감을 조성하려면 갈등이 히어로와 빌런의 가치와 도덕성에
관련 있는 구체적인 것이라야 한다. 현실적인 결말은 무엇일까?
내가 좋아하는 시어도어 루스벨트의 말을 인용해보겠다. "세상에
노력과 고통, 어려움이 아닌 것 중에 갖거나 실행할 가치가 있는
것은 없다. 나는 편하게 산 사람을 부러워한 적이 한 번도 없다.
어려운 삶을 잘 이끌어 온 훌륭한 사람들이 부러웠다."

루스벨트는 정치인이었지만 이 인용문은 너무도 값진
스토리텔링의 비밀을 알려준다. 히어로는 승리를 위해
고통받아야 한다. 독자들은 주인공의 여정에 몰입할 수 있어야만
주인공이 하인과 함께 도망치든, 해초에 걸린 금붕어를 빼주다가
죽음을 맞이하든 관심을 기울일 것이다.

당신의 히어로는 어떻게 결말에 이르게 되었는가? 결승점에
도달하기 위해 어떤 시련과 도전을 이겨냈는가? 빌런이
히어로에게 어떤 갈등을 선사했는가? 사이가 원만하지 못한

아버지와 문제가 있든, 핵을 터뜨려 세상을 끝장내려는 대통령이든 상관없다. 중요한 것은 목표를 향한 여정이 위험천만해야 한다는 것이다.

시간으로
압박하라

어떤 소설이든 시간제한이 있으면 긴장과 속도감이 만들어진다. 자정까지 무엇무엇을 하지 않으면 가족을 죽이겠다고 협박한다면 분명 캐릭터는 바쁘게 움직일 것이다. 시간의 압박은 갈등을 더 치열하게 만든다. 위험 수준을 높이고 히어로의 희망을 빼앗는다.

하지만 시간제한은 현명하게 사용해야 한다. 시간 압박은 너무 자주 사용하면 효과가 떨어진다. 최적의 효과를 위해 중요한 지점에서 압력을 가해야 한다. 예를 들어, 당신의 히어로가 싸움에서 졌거나, 누군가가 납치됐거나, 빌런을 물리치는 데 중요한 물건이 사라졌을 때 말이다. 바로 그때 빌런이 히어로의 애인에게 설치한 폭탄이 째깍거리기 시작하게 하라. 시간 제약의 목적은 압력을 가하고 갈등을 조성하는 것이다. 히어로가 모든 걸 잃었다고 생각할 때 시간에 제약을 가하라.

판돈 올리기

시간 압박은 좋은 수단이지만, 그것이 긴장감을 올리는 유일한
방법이 되어서는 안 된다. 모든 방면에서 판돈을 올려라. 2만 원을
훔치면 아무도 신경을 안 쓴다. 200억 원이라면 누가 알아챌지도
모르지만. 빌딩 테러 위협? 흠, 그보다는 도시 전체를 박살
내겠다고 협박하라. 그러면 사람들이 관심을 보일 것이다. 그것도
안 통하면 나라 전체를 폭파하라. 긴장감의 수위를 올리는 방법은
다음과 같다.

- ✔ 빌런이 히어로에게 중요한 무언가를 노리게 하라.
- ✔ 히어로가 위기를 겪을 때 시간 압박으로 긴장감을 더하라.

 〈헝거 게임〉

여동생이 조공인으로 뽑히지 않았다면 캣니스는 자신을
희생하지 않았을 것이다. 마찬가지로 최후의 2인이
피타가 아니었다면 자살 동맹을 맺지 않고 그냥 죽었을
것이다.
이야기가 진행될수록 스노우 대통령은 점점 더 많은
생명을 위협하며 긴장감의 수위를 올린다. 그는 모든
구역에 대한 통제권을 얻을 수만 있다면 기꺼이 판엠
사람 전부를 희생시킬 것이다.

고문은
달콤하다

주인공을 고문하라. 가슴이 찢어질 것 같고 삶이 송두리째
흔들리는 그런 감정적인 고문이 필요하다. 고문은 이야기의
악마가 주인공에게 보내는 선물이다. 주인공이 빌런을 물리치고
승리하려면 무언가를 잃거나, 포기하거나, 희생하며 고통을
겪어야만 한다.

　이것은 4단계와 앞에서 언급한 영혼의 상처와 관련 있다.
히어로가 승리하려면 그 과정에서 영혼의 상처를 포함한 많은
고난을 겪어야 한다. 그리고 그 여정을 통해 변화를 겪어야 한다.

　낡은 양말 한 짝을 도둑맞은 주인공이 그것을 계기로 중대한
변화를 겪고 빌런을 이기게 될 리는 없다. 주인공은 빌런에게
모든 걸 빼앗겨야 한다. 사랑하는 모든 것을. 빌런은 히어로가
가장 사랑하는 것을 망가뜨리고 불태워야 한다. 히어로는 이길
가능성이 없다고 느껴야 한다. 처절하게 짓밟히고 패배했을 때,
진정한 히어로의 면모가 살아난다. 그제야 비로소 그는 빌런을
물리칠 만큼 변할 수 있다.

예시 〈매트릭스〉

스미스 요원은 처음부터 끝까지 네오를 고문한다.
친구들을 죽이고 네오를 구타하고 그를 매트릭스에서
구해준 모피어스를 납치한다. 결국 아직 변화하지 못한
네오는 스미스 요원에게 죽임을 당한다.

하지만 네오는 '그'로서 가진 마법의 힘과 사랑 덕분에
다시 살아난다. 예전과 달라진 그는 완전한 '그'가 된다.

히어로의 변화는 쉽지 않은 일이다. 히어로는 변화하려면 먼저
육체적이든 감정적이든 상처를 입어야 한다. 네오의 상처에는
이중적인 의미가 있었다. 매트릭스에서 자라 자신이 '그'라는
사실을 깨닫기도 전에 죽은 것이다.

클라이맥스

모든 길은
클라이맥스로 통한다

갈등과 클라이맥스는 떼려야 뗄 수 없다. 이 둘이 서로
이어져 있지 않으면 당신의 소설은 폭삭 망하고 만다.
갈등과 클라이맥스는 복잡하게 얽혀 있어서, 갈등의 원인이
클라이맥스도 좌우한다. 소설에서 가장 중요한 것은 갈등이고
클라이맥스에서도 마찬가지다.

　이야기의 모든 것은 하나의 결정적인 순간으로 이어진다.
작가는 독자들에게 잊지 못할 결정적 순간을 선사해야 한다.
그 순간을 망치면 끝장이다. 제대로 된 클라이맥스를 만든다면
당신은 평생 팬을 얻게 될 것이다.

　클라이맥스에서는 무엇이 이루어져야 할까? 한 명은 승리하고
한 명은 패배해야 한다. 히어로와 빌런은 결정적인 변화를
맞이한다. 히어로는 보통 승리하지만 훌륭한 작가는 그 과정에서
히어로에게 상처를 입힌다. 왜냐고? 거기서 진정한 재미가 나오기
때문이다.

　매회 극적인 클라이맥스가 없는 드라마는 아무도 보려고 하지
않을 것이다. 에피소드의 끝부분에서 아무런 일도 일어나지
않는다고 생각해보라. 김이 빠진 시청자들은 굳이 다음 회를

214

보려고 하지 않을 것이다. 이 점이 중요하다. 클라이맥스는
독자들이 밥도 잠도 포기하고 소설을 선택할 정도로
흥미진진해야만 한다.

일대일 대결로
대미를 장식하라

대단원의 피날레를 지하 세계의 군대와 천상의 군대가 벌이는
전쟁 장면으로 연출하더라도 최후의 결전은 반드시 히어로와
빌런, 두 사람에 관한 것이어야 한다. 개인과 개인의 상호작용,
관계, 서로 주고받는 영향이야말로 이야기의 중요한 부분이니까
말이다.

독자는 이야기 내내 당신이 뿌려놓은 갈등의 빵 조각을 따라
클라이맥스로 빨려들어가야 한다. 클라이맥스에 이르면 히어로와
빌런을 제외한 다른 모든 것은 상관없어진다. 그냥 무대 풍경,
장식, 예쁜 조명, 장식용 조각일 뿐이다. 클라이맥스에서는
히어로의 어머니가 독 묻은 화살을 맞더라도 아무도 신경 쓰지
않는다.

 〈매트릭스〉

모든 하위 플롯이 클라이맥스에서 만난다. 트리니티와
네오의 사랑, 모피어스의 탈출, 사이퍼의 배신 등등.
하지만 그것들은 클라이맥스에 이르면 중요하지 않다.

우리가 알고 싶은 것은 네오가 과연 자신이 '그'라는
사실을 깨닫고 스미스 요원을 쓰러뜨릴 수 있을지다.

클라이맥스에서 하위 플롯이 마무리되는 동안 독자들의 관심은
히어로와 빌런에게 집중된다. 그러니 클라이맥스에서는 히어로와
빌런의 대결에 초점을 맞추어야 한다. 이야기의 주인공은
히어로와 빌런이므로 빌런을 파멸로 이끄는 것은 히어로어야
한다. 마찬가지로 클라이맥스로 이어지는 단계는 빌런이
만들어야 한다.

예시 〈매트릭스〉

모피어스나 오라클, 트리니티가 아니다. 오직 네오만이
스미스 요원을 물리칠 수 있다. 나머지 캐릭터들은
네오를 스미스 요원에 데려가고 그가 누구인지
깨닫도록 도와주는 역할을 한다. 스미스 요원의
매트릭스 코드를 망가뜨릴 수 있는 것은 네오뿐이다.

히어로를 완전히
박살 내라!

우리는 히어로가 이기리라는 사실을 알고 있다(대개는). 그렇지만
절대 쉽게 이겨서는 안 된다. 히어로가 빌런을 물리치려면 변화를
겪어야만 한다. 캐릭터 아크는 히어로를 변화로 이끌어야 한다.
세상을 다르게 보거나 마지막 순간에 자신의 실수를 깨닫거나.

이러한 깨달음으로 히어로는 빌런을 이길 수 있는 사람이 된다.

히어로에게 상처를 입히는 방법은 다음과 같다.

- 사랑하는 사람을 잃는 것
- 사랑하는 두 사람 사이에서 한 명을 선택하는 것
- 신체적 부상
- 정신적 타격
- 누군가의 희생
- 모두를 구할 수는 없음
- 어려운 결정이나 선택
- 자신의 잘못으로 누군가를 잃는 것
- 사랑하는 사람이 납치되거나 위험에 처하는 것

위험 수위를
더, 더, 더 올려라

클라이맥스는 차곡차곡 쌓인다. 갈등, 긴장, 압력이 절정에 이르는 순간이다. 최후의 결전은 겹겹이 쌓인 케이크와 같다. 특별한 것이 계속 더해지고 마침내 제일 위에 체리가 올라간다.

 〈매트릭스〉

네오는 매트릭스를 탈출하고 스미스 요원은 모피어스의 우주선에 센티넬 군대를 보내지만 살아남는다. 네오는 싸우는 법과 매트릭스에 들어가는 방법을 배운다.
스미스 요원은 네오의 친구들을 죽인다. 마침내 평평한
복도에서 최후의 결전이 벌어지고 네오는 매트릭스
코드를 읽고 스미스 요원을 물리친다.

긴장감을 최대한 끌어올리고 싶은가? 그렇다면 히어로가 모든
희망이 사라졌다고 느끼게 하라.

예시 〈매트릭스〉

네오는 어떻게 모든 희망을 잃는가? 오라클은 네오가
'그'가 아니라고 말한다. 오라클이 그렇게 말하는
이유는 사실이라서가 아니라 그것이 그 시점의
네오에게 필요한 말이기 때문이다. 그 운명적인 말은
네오가 오라클이 틀렸음을 증명하기 위한 여정을
떠나게 한다. 트리니티가 사랑을 고백했을 때 비로소
네오는 자신이 '그'라는 사실을 스스로 원하고 믿어야만
부활해서 스미스 요원을 이길 수 있음을 깨닫는다.

예시 『해리 포터』

시리즈 마지막에서 해리는 볼드모트가 영혼을
조각내어 감춘 호크룩스를 모으기 위한 여정을 떠난다.
호크룩스를 파괴하면 해리는 볼드모트를 죽일 수 있다.

해리의 가장 가까운 조력자들이 죽으면서 위험 수위가 올라간다.
덤블도어와 스네이프가 시리즈의 클라이맥스 직전에 죽고 해리는
볼드모트를 물리칠 방법이 없다. 마지막 호크룩스가 사라져
해리는 모든 희망을 잃어버린다.

해리는 자신이 마지막 호크룩스라는 사실을 깨닫자 볼드모트를 물리칠 방법을 알게 된다. 모든 희망을 잃자마자 새로운 희망이 생긴 셈이다. 해리는 죽어야 하지만 그의 죽음으로 모두를 구할 수 있다.

호그와트에서 전투가 벌어지고 있고 다수의 조연 캐릭터가 참여하지만 전투의 가장 중요한 부분은 바로 해리와 볼드모트의 대결이다. 해리는 볼드모트의 남은 영혼을 파괴하기 위해 자신을 희생해야 한다. 볼드모트의 죽음은 해리의 손에 달려 있다.

클라이맥스에 연설이 필요한 이유

빌런은 일장 연설을 좋아한다. 하지만 빌런이 아무 말이나 횡설수설 장황하게 늘어놓아서는 안 된다. 그건 백만 번쯤 들었던 할아버지의 옛날이야기처럼 지루하기 짝이 없다. 잠이 솔솔 쏟아지고 책은 탁 덮일 것이다. 빌런의 연설이 원자폭탄급 위력을 발휘하려면 다음의 두 가지가 충족되어야 한다.

첫째, 의도를 밝히라
빌런은 히어로와 정반대편에 앉은 사람이다. 클라이맥스에서야말로 빌런은 히어로와 다른 생각을 했음을 분명하게 밝혀야 한다. 아무리 비뚤어진 생각이라도 상관없다. 그가 대량 학살을 주말 취미라고 생각하는가? 그렇다면

독자들에게 그렇게 말하라. 그가 토끼들의 털을 전부 밀어서
부하들에게 목도리를 만들어주려고 하는가? 독자는 분명히
궁금해할 것이다.

　하지만 반드시 명확해야 한다. 디스토피아 배경이라면
복잡하고 왜곡된 사회가 존재하기 마련이다. 그래도 얼마든지
간단명료하게 설명할 수 있다. 물리학자 어니스트 러더퍼드Ernest
Rutherford는 아인슈타인의 전기에서 이렇게 말했다. "과학적
발견을 바텐더에게 설명해줄 수 없다면 아무런 가치도 없다."
천재의 말이니 귀담아듣자.

둘째, 빌런의 권리를 이해시키라

　단 1초라도 좋다. 빌런이 옳다는 것을 독자에게 이해시켜야
한다. 독자가 빌런의 터무니없고 사악한 주장을 받아들인다면
그야말로 대박이다. 빌런이 완벽해지는 순간이다. 하지만 어떻게
해야 할까? 단순하지만 단단한 논리에 빌런의 굳은 믿음이
더해진다면 가능하다. 물론, 설득력이 있어야 하지만 논리의
묘미는 그 단순함에 있다.

　〈매트릭스〉의 스미스 요원이 "수많은 사람이 아무 생각 없이
살지. 의식하지 못한 채로 말이야"라고 일장 연설을 시작했을
때, 나는 처음으로 빌런의 말에 수긍하고 말았다. 그건 내 세상
전체가 흔들리는 경험이었다. 스미스 요원은 계속해서 인간이
지구의 바이러스라며 과학적이고 논리적인 주장을 펼친다.
아무리 내가 사회 개선론자이더라도 이 주장에는 반박하기가
힘들다. 4분밖에 안 되니 이 장면은 꼭 한번 보길 바란다(http://
bit.ly/2jDAgHS).

11단계 요약

갈등

- 갈등은 구체적이어야 한다. 갈등을 히어로와 빌런의 목표에 연결하라.

- 캐릭터가 싸움에 감정을 이입한다면 독자 역시 그럴 것이다.

- 히어로와 빌런의 가치관, 도덕성에 관련 있는 구체적인 갈등은 소설에 현실성을 부여한다.

- 시간의 압박은 갈등을 더 치열하게 만든다.

- 빌런이 히어로에게 중요한 무언가를 노리게 하고 압박감을 주면 긴장감의 수위가 올라간다.

클라이맥스

- 클라이맥스는 결국 히어로와 빌런 두 사람에 관한 것이다. 한 사람과 한 사람의 상호작용, 관계, 서로 주고받는 영향이야말로 이야기의 가장 중요한 부분이다.

- 클라이맥스에서는 히어로와 빌런에게 무슨 일이 생기는지가 가장 중요하다.

- 이야기의 주인공은 히어로와 빌런이므로 빌런을 파멸로

이끄는 행동은 반드시 히어로의 손에서 나와야 한다. 마찬가지로, 클라이맥스로 이어지는 단계는 빌런이 만들어야 한다.

- 히어로가 빌런을 물리치려면 변화를 겪어야만 한다. 히어로가 겪는 변화와 깨달음이 그를 승자로 만들어준다.

- 빌런의 연설이 원자폭탄 같은 위력을 발휘하려면 두 가지가 충족되어야 한다. 빌런의 의도를 명료하게 밝힐 것. 그리고 빌런이 옳다는 것을 독자에게 이해시킬 것.

생각해볼 질문

● 당신이 가장 좋아하는 빌런의 연설은 무엇인가? 그 연설에서 무엇을 배울 수 있는가?

● 최근에 읽은 소설 세 권을 떠올려보자. 갈등을 쌓기 위해 어떤 종류의 압력을 가했는가?

● 빌런을 물리치기 위해 주인공의 어떤 부분이 변했는가?

Step ›› 12

네버 해피 엔딩: 빌런의 최후

장르에 어울리는 결말 찾기

하트 모양 풍선에 둘러싸여 근육에 기름칠한, 웃통 깐 백마 탄 왕자님과 키스하면서 끝나는 결말은 로맨스나 동화책에나 어울린다. 물론 철창행을 피하고 싶다면 동화책에는 기름칠이나 알몸은 빼야겠지만. 하지만 토 나올 정도로 핑크빛으로 가득한 해피 엔딩이 허락되는 장르는 로맨스 소설과 아동문학뿐이다.

나머지 장르에서는 신중하게 설계하지 않는 한, 빌런은 모든 것을 잃고 주인공은 행복하게 사는 그림 같은 결말은 어울리지 않는다. 독자들은 눈을 굴리면서 당신의 책을 '어이없음' 리스트에 올려놓고 다시는 돌아보지 않을 것이다.

주인공이 빌런과 싸워 이기고 연인과 재회하고 세상을 구하게 하지 말라는 말이 아니다. 당연히 주인공은 빌런의 머리를 들이받고 엉덩이를 걷어차야 한다. 하지만 11단계에서 말했듯이 주인공은 승리하기 전에 충분히 고통받아야 한다. 주인공이 자신을 괴롭히는 무리와 처음부터 맞서 싸워서 승리하면 재미가 없다. 쓰레기 세례를 당하고 점심값을 빼앗기는 등 온갖 수모를 당한 뒤 비로소 일어나 악당의 엉덩이를 걷어차게 하라는 말이다.

결말은 구체적이어야 하고, 장르에 잘 맞아야 한다. 독자들은 평소 좋아하는 장르를 고수한다. 좋아하는 장르에 애정을 쏟는다. 가진 돈을 사탕 가게에서 탕진하는 아이들처럼 마음을 뺏긴 장르의 소설을 계속 읽는다. 똑같은 이야기를 새로운 방식으로 듣고 싶어 한다. 그들은 중독자처럼 좋아하는 장르의 새로운

이야기를 필사적으로 찾아 헤맨다. 이상하지만 사실이다. 증명할
수 있다. 탐정소설을 예로 들어보자. 탐정소설은 다 똑같다.
'시체가 발견되고 탐정이 단서를 찾아 나선다. 결국 단서를 찾고
살인 사건을 해결한다'는 내용이 전부다. 정말 그렇지 않은가?

당신의 장르를 공부하라. 열일곱 살 소년이 카마수트라를
탐독하듯 디테일 하나도 빠뜨리지 말고 몰입해서 공부하라.
장르의 트롭을 알면 독자들이 당신의 책을 읽고 엄청난 갈증을
느껴서 다시 돌아올 것이다. 분명 당신은 자신이 쓰는 장르의
소설을 많이 읽어보았을 것이다. 그렇지 않다면 지금 당장 이
책을 내려놓고 가서 읽고 와야 한다.

연구해야 할 것들
- ∨ 클라이맥스가 어디에 위치하는가?
- ∨ 빌런은 어떻게 되는가?
- ∨ 주인공은 어떻게 되는가?
- ∨ 사이드 캐릭터들은 어떻게 되는가?
- ∨ 결말에서 두드러지는 주제는 무엇인가?
- ∨ 다 읽고 나서 어떤 감정을 느꼈는가?

현실적인 결말이
필요한 이유

우리 집 꼬맹이는 내 아이폰 비밀번호를 알고 있다. 녀석은

아이폰을 나보다 능숙하게 다룬다. 요즘 세상은 옛날 같지 않다. 우리는 기술이 기하급수적인 속도로 발달하는 세상에 살고 있다. 10년 후에는 증강 가상 현실 '메가테라헤르츠 버전 11.7'이 나와서 지금의 아이폰은 선사시대 유물처럼 보일 것이다.

장르뿐만 아니라 사회 트렌드도 공부해야 한다. 스릴러의 경우 2012~2015년에는 『나를 찾아줘』나 『걸 온 더 트레인』 같은 심리 스릴러가 유행했다. 하지만 이미 그 인기가 떨어지고 있다. 곧 새로운 유형의 스릴러가 유행하게 될 것이다.

당신의 독자가 청소년이든 성인이든 확실한 것이 한 가지 있다. 세상이 계속 변하리라는 것이다. 우리는 미디어의 동물이다. 우리의 뇌는 마약중독과도 같은 속도로 새로운 영상과 점점 늘어나는 특수 효과를 소비하고 있다. 갈수록 더 크고 더 대단하고 더 똑똑한 결말을 원한다. 미디어를 많이 소비하는 오늘날의 참을성 없는 독자들에게 믿을 만하고 만족스러운 결말을 선사하려면 현실적인 결말이 필수적이다.

존 그린의 『잘못은 우리 별에 있어』가 훌륭한 보기다. 세상에는 어린 나이에 죽는 사람들도 있다. 너무도 끔찍한 일이지만 사실이다. 이 작품의 빌런은 눈에 보이지 않는 존재, 바로 어린 나이에 닥친 불치병이다. 책의 마지막에서 한 아이가 그 빌런에 의해 목숨을 잃는다. 비록 한 아이는 남지만 우리는 그 아이도 죽을 거란 걸 알고 있다. 이루 말할 수 없이 끔찍하지만 설득력 있고 현실적이기도 하다.

'오래오래 행복하게
살았답니다'

'오래오래 행복하게 살았답니다'라는 결말은 너무 전형적이다.
백마 탄 왕자가 신데렐라 드레스를 입은 공주와 결혼하고 모든
고민거리가 사라지며 성 뒤로 무지개가 걸리는 가운데 모두의
행복이 최고조에 이르는 동화 같은 결말 말이다. 이러한 결말은
로맨스 소설과 아동 도서에 가장 흔하다.

해피 엔딩을 맞이하려면 빌런은 끝장 나야 한다. 이것이 그
어떤 세계관에서도 통용되는 유일한 결말이다. 빌런은 음하하하
웃으며 마티니를 마시고 축하할 수 없다. 빌런들이여, 미안하지만
당신들은 끝장나야 한다.

해피 엔딩의 핵심은 빌런이 히어로의 손에 죽는 것이다. 빌런은
싸움 도중에 갑자기 발이 걸려 넘어져서 죽으면 안 된다.
독자에게 만족스러운 결말을 선사하려면 히어로가 직접 빌런을
처리해야 한다. 다른 건 안 된다.

작가가 알아야 할 것

- ✔ 빌런은 죽거나 붙잡혀서 절대로 귀환할 수 없는 상태가
되어야 한다.
- ✔ 히어로는 승리해야 한다.
- ✔ 히어로는 눈엣가시가 없어져서 행복을 누린다.
- ✔ 히어로는 연인과 맺어져야 한다.
- ✔ 히어로는 결혼해서 천사 같은 아이들을 낳고 행복하게 산다.

히어로의 자식들도 세상을 구하는 히어로가 되고 그 자식들도 마찬가지다. 독자들이 히어로 가문의 활약에 만족하고 어린 시절의 악몽이 영영 사라질 때까지.

만약 당신의 독자들이 히어로 숭배자라면, '오래오래 행복하게 살았답니다'는 완벽한 독자 중심 결말일 것이다. 이 결말에서는 모든 스토리 라인이 풀려서 모호한 것 하나 없이 전부 깔끔하게 마무리되어야 한다. 주인공, 빌런, 고양이, 개의 사촌, 여덟 장 전에 나온 산속 승려의 머리 꼭대기에 올라간 휴지통 뚜껑이 어떻게 되었는지까지도 전부 다. 하지만 나이가 들수록 세상은 그렇게 단순하지 않다는 것을 알게 된다. 그래서 '오래오래 행복하게 살았답니다'라는 결말은 성인 독자들에게 만족도가 떨어질 수밖에 없다.

'오래오래 행복하게 살았답니다'의 예

이 결말은 동화책과 어린이들을 위한 디즈니 만화에서 가장 흔히 쓰인다.

- 〈신데렐라〉
- 〈잠자는 숲속의 공주〉
- 〈미녀와 야수〉
- 〈인어공주〉
- 〈라이온 킹〉

또한 로맨스 소설이나 영화에도 종종 사용된다.

- 〈프리티 우먼〉
- 〈노팅힐〉
- 〈브리짓 존스의 일기〉

별로 행복하지
않은 결말

보통 독자들이 소설을 읽는 이유는 즐거움을 위해서일 것이다. 어떤 사람들은 힘든 직장 생활에서 잠시 벗어나기 위해 읽고, 어떤 사람들은 재미를 느끼고 현실을 도피하기 위해 읽는다.

항상 그런 건 아니지만 순수문학 작품들은 보통 행복하지 않은 결말로 끝난다. 작가가 어떤 주장이나 견해를 전달하거나 철학적 담론을 일으키고자 하는 경우가 많기 때문이다.

빌런의 시점에서 '별로 행복하지 않은 결말'은 눈부신 천국과 같다. 사악한 신이 빛나는 황금색 쇠창살 문을 열고 그에게 검은 날개 한 쌍을 건네줄 것이다. 빌런은 이번에는 음하하하 웃으며 마티니를 마시고 축하할 수 있다. 행복하지 않은 결말은 쉽게 말해서 빌런의 승리를 의미한다. 또는 빌런을 제외하고 전부 다 죽는다. 가장 중요한 것은 히어로가 승리하지 못한다는 점이다. 이긴다고 해도 그 과정에서 많은 것을 잃으므로 별로 의미가 없어진다. 영화 〈어쌔신 크리드〉에서 칼럼은 에덴의 사과를 찾는 데 성공하지만 그 과정에서 그에게 소중한 존재인 마리아가 목숨을 잃는다.

비록 영화의 피날레는 아니지만 〈다크 나이트〉에는 투페이스와 배트맨 둘 다 사랑하는 사람을 잃는 하위 플롯이 나온다. 조커의 장난질로 레이첼이 죽기 때문이다. 레이첼의 죽음은 행복하지 않은 결말이자 빌런의 승리다.

작가가 알아야 할 것

- ∨ 빌런이 이긴다. 이기지 않으면 빠져나간다. 큰 범죄를 저지르고도 마지막에 빠져나가는 〈유주얼 서스펙트〉의 카이저 소제처럼.
- ∨ 히어로가 죽는다. 히어로가 살아남을 경우에는 그가 사랑하는 사람이 죽거나 다친다.

해피 엔딩이 아니어도 독자에게 만족스러운 결말을 선사할 수 있다. 하지만 상황을 잘 조율해야 한다. 만약 전부 다 죽어버리면 누가 마무리를 할 것인가? 무엇보다도 이 결말은 일찍 복선을 설치해야 한다. 흔하지 않은 결말이라 독자가 예상하지 못할 것이기 때문이다. 만약 복선이 없었다면 독자는 속은 기분이 들 것이다. 클라이맥스를 미리 알려주라는 뜻이 아니다. 헨젤과 그레텔처럼 빵 조각을 남기듯 복선을 깔면 된다.

별로 행복하지 않은 결말의 예

일반적으로 이 결말은 공포 영화나 공포 소설에서 발견된다. 내가 너무 이른 나이에 보았던 고전 영화를 예로 들면 〈데스티네이션〉이 있다. 한 소녀가 불길한 예감을 느끼고 많은 사람을 구하지만 죽음은 다시 그들을 쫓아가 소녀가 예지한

사고에서 죽어야 했던 순서대로 한 명씩 죽인다. 공포 장르의
책이나 영화에서는 이런 유형의 결말이 흔하다.

- 〈할로윈〉
- 〈스크림〉
- 〈텍사스 전기톱 연쇄 살인 사건〉
- 〈쏘우〉

미스터리, 스릴러, 문학 소설, 갱스터 영화에서도 찾아볼 수 있다.

- 〈세븐〉
- 〈유주얼 서스펙트〉
- 〈저수지의 개들〉

네빌 슈트의 『해변에서』와 셰익스피어의 고전 『로미오와
줄리엣』도 여기에 속한다.

히어로의
희생

히어로의 희생은 다양한 형태로 나타날 수 있지만 극단적인
경우를 살펴보자. 히어로가 사랑하는 사람을 구하기 위해 목숨을
바치는 결말 말이다.

이런 결말은 1인칭 시점인 경우 문제가 된다. 화자가 사라지기 때문이다. 물론 방법은 있다. 사후 세계에서 내레이션을 할 수도 있고 다른 캐릭터가 맡을 수도 있다. 베로니카 로스의 『다이버전트』는 주인공의 연인 시점으로 이야기를 끝낸다.

3인칭 시점으로 전환하는 방법도 있다. 하지만 갑자기 시점이 바뀌면 독자의 몰입도가 깨진다. 이야기 내내 시점을 바꿔온 것이 아니라면 말이다. A.G. 하워드는 『로즈블러드RoseBlood』라는 책에서 이 방법을 사용했다. 한 캐릭터를 이용해서 1인칭으로 이야기하고 다른 캐릭터를 이용해 3인칭으로 이야기한다.

조지 R.R. 마틴의 『얼음과 불의 노래』 시리즈나 J.R.R. 톨킨의 『반지의 제왕』처럼 주인공이 한 명 이상인 작품에서는 히어로의 희생이 자주 그려지고, 또 그럴듯하게 느껴진다.

죽음이 히어로의 유일한 희생은 아니다. 정보를 포기하는 것처럼 작은 희생도 있을 수 있고 두 아이 중 누구를 살릴지 선택해야 했던 〈소피의 선택〉처럼 극단적인 희생도 있을 수 있다.

중요한 건, 빌런이 패배하더라도 히어로에게 무언가를 희생하게 함으로써 빌런이 영웅을 한 방 먹인다는 것이다. 빌런의 명백한 승리는 아니지만 히어로가 무언가를 희생하게 했다는 점에서 어느 정도 승리했다고 할 수 있다.

작가가 알아야 할 것

- ✔ 히어로는 이야기 내내 빌런을 상대로 분투해야 한다.
- ✔ 히어로는 어려운 선택을 해야 한다.
- ✔ 히어로는 중요한 것을 희생해야 한다.
- ✔ 히어로의 희생은 빌런을 크게 파괴해야 한다.

히어로의 희생은 결말보다는 책의 주제 또는 하위 줄거리일 때가 많다. 속편의 가능성이 사라지므로 대부분 작가는 히어로를 희생하려고 하지 않는다. 희생은 처음에는 이기적이었던 주인공이 자신을 희생할 정도로 성장하는 모습을 통해 훌륭한 캐릭터 아크를 만들어주기도 한다. 하지만 보통 다른 캐릭터가 히어로를 도와주거나 히어로가 죽음을 피하면서 빌런을 물리칠 수 있는 묘책을 찾을 것이다. 예를 들어『헝거 게임』에서 캣니스와 피타는 함께 자살하기로 하지만 스노우 대통령이 막는다.

히어로 희생의 예

히어로의 희생은 거의 모든 장르에서 찾아볼 수 있지만 판타지, 스릴러, 영어덜트 소설처럼 액션이 중요한 장르에서 특히 흔하다.

- 『다이버전트』시리즈의 마지막 책『얼리전트』의 트리스 프라이어
- 『반지의 제왕』의 간달프
- 『왕좌의 게임』의 많은 캐릭터
- 『해리 포터』시리즈의 해리 포터

달콤쌉쌀한 결말-반전

내가 가장 좋아하는 결말이다. 독자들에게 변태적인 즐거움을 주는 결말이기도 하다. 헬스클럽에서 과하게 무거운 중량을

들고 스쿼트를 하면 온몸에 엔도르핀이 퍼져서 허벅지가 터질 듯한 고통도 달콤하게 다가오는 것과 같다. 달콤쌉쌀한 결말은 고통과 쾌락이 섞여 있다는 점에서 사도마조히즘 같기도 하다. 달콤쌉쌀한 결말은 엄청난 반전과 동의어라고 할 수 있다. 전혀 예상치 못한 좋고도 나쁜 반전을 선사한다.

달콤쌉쌀한 결말에서는 결국 히어로가 승리하고 빌런은 원하는 것을 다 얻지는 못한다. 하지만 빌런은 히어로를 '쌉쌀'하게 만든다.

예시 〈사랑보다 아름다운 유혹〉

주인공 아네트는 전형적인 금발 미남 바람둥이 남학생 서배스천과 사랑에 빠진다. 안타고니스트 캐서린은 서배스천과 이복남매 사이로, 서배스천이 아네트를 유혹할 수 있을 것인지를 두고 내기를 한다. 하지만 서배스천은 진심으로 아네트를 사랑하게 된다. 결국 아네트는 내기에 대해 알게 되고 서배스천에게 이별을 고한다. 서배스천은 아네트에게 그를 사랑하게 된 과정이 자세히 적힌 일기장을 건넨다. 아네트는 일기장을 다 읽고 그의 진심을 알게 되지만 비극적이게도 서배스천은 자동차에 치여 세상을 떠난다. 캐서린은 마약 복용 사실이 발각되어 그동안 쌓아온 모범생 이미지를 비롯해 모든 것을 잃는다.

작가가 알아야 할 것

✔ 상실, 고통, 후회가 핵심 주제가 되어야 한다. 상실이 작아서도 안 된다. 고통은 명화 그리듯 제대로 칠해야 한다. 히어로에게 소중한 무언가를 빼앗으라.

✔ 달콤씁쓸한 결말을 위해서는 히어로에게 긍정적인 일과
부정적인 일이 모두 일어나야 한다.

달콤씁쓸한 결말의 예
달콤씁쓸한 결말은 장르를 초월한다. 모든 장르에서 발견할 수
있으며 두루 사용할 수 있다는 뜻이다.

- 『잘못은 우리 별에 있어』
- 『연을 쫓는 아이』
- 크리스털 서덜랜드의 『아우어 케미컬 하츠Our Chemical Hearts』
- 어맨다 프로스의 『내 남편의 아내My Husband's Wife』

모호한 결말

모호한 결말은 순수문학과 미스터리를 포함해 후반부의
서스펜스가 중요하고 속편이 기대되는 시리즈에서 흔히 쓰인다.
가장 명백한 '모호한 결말'은 주인공이 빌런을 죽이지만 다음
회나 다음 시리즈에서 빌런이 돌아오리라는 단서가 나오는
것이다. 때로는 캐릭터들이 어떻게 된 건지 독자가 스스로 해석해야
할 정도로 '열려 있는 결말'로 끝날 때가 있다.
모호한 결말은 빌런 입장에서는 매우 흥미로운 결말이다.

앞으로 계속 등장할 수 있으니까. 보통 빌런은 책의
클라이맥스에서 죽거나 패배하거나 감옥에 갇히는 것처럼
보인다. 그러나 모호한 결말로 끝난다면 크레딧 영상이나 책의
에필로그에서 빌런의 귀환을 알리는 짤막한 장면이 나온다.

작가가 알아야 할 것

독자는 모호한 결말에 불만을 품을 가능성이 있다. 독자
대부분은 스스로 결말을 해석해야 하는 것을 싫어한다. 열린
결말을 선택할 때는 모든 하위 줄거리와 스토리 라인은 다른
해석이 불가능하도록 100퍼센트 꽉 닫혀 있게 설정해야 한다.
포트 녹스①보다 꽉 닫혀 있어야 한다.

모호한 결말의 예

보통 순수문학이나 실화를 바탕으로 한 논픽션에서 볼 수 있다.

- 『황금방울새』
- J.B. 프리스틀리의 희곡「밤의 방문객An Inspector Calls」
- 『안네의 일기』(안네의 실제 일기는 모호하게 끝나지만 최근
  출간된 판본에서는 일기가 끝난 이후 안네가 어떻게 되었는지
  알려주는 정보와 연구 결과가 추가되었다)
- 윌리엄 폴 영의 『오두막』

---

① 미국 연방준비은행과 정부 소유의 금괴가 보관된 곳   **239**

12단계 요약

'오래오래 행복하게 살았답니다'

- 빌런은 죽어야 한다.

- 가장 중요한 것은 빌런이 히어로의 손에 죽는다는 것이다.

별로 행복하지 않은 결말

- 히어로가 확실히 승리하지 못한다. 이긴다고 해도 엄청나게 많은 것을 잃으므로 큰 의미가 없다.

- 일찍 복선을 설치해야 한다. 독자가 속은 기분이 들지 않게 해야 한다.

- 클라이맥스를 미리 알려주라는 뜻이 아니다. 헨젤과 그레텔처럼 챕터마다 빵 조각 남기듯 복선을 깔면 된다.

히어로의 희생

- 빌런은 히어로가 희생할 수밖에 없도록 수많은 장애물을 던진다.

- 히어로의 희생은 결말보다는 책의 주제 또는 하위 줄거리일 때가 많다. 히어로가 희생하게 되면 속편의 가능성이 사라질 수

있으므로 주의해야 한다.

- 1인칭 시점의 경우 히어로가 죽는다면 결말 부분의 화자를 찾아야 한다.

달콤쌉쌀한 결말

- 달콤쌉쌀한 결말에는 고통과 쾌락이 섞여 있다.

- 히어로는 소중한 무언가를 잃어야 한다.

- 달콤쌉쌀한 결말을 위해서는 히어로에게 긍정적인 일과 부정적인 일이 모두 일어나야 한다.

모호한 결말

- 캐릭터들이 어떻게 된 건지 독자가 스스로 해석해야 할 정도로 열려 있는 결말로 끝날 때가 있다.

- 열린 결말을 선택할 때는 모든 하위 줄거리와 스토리 라인은 다른 해석이 불가능하도록 100퍼센트 꽉 닫힌 결말로 설정해야 한다.

생각해볼 질문

- 당신이 쓰는 장르에서 가장 흔한 결말 유형은 무엇인가?

- 지금까지 읽은 최고의 결말은 무엇인가? 왜 그렇게 생각하는가? 그 결말에서 당신의 작품에 적용할 수 있는 어떤 교훈을 얻을 수 있을까?

Step ⇥ 13

빌런을 소개하는 가장 완벽한 방법

빌런 등장!

빌런을 적절하게 소개하는 것은 완벽한 빌런을 만드는 것만큼이나 중요하다. 지금까지 빌런 캐릭터를 만드는 방법을 배웠으니, 이제 빌런을 소개하는 방법을 배울 차례다.

빌런을 소개하는 방법은 장르에 따라 달라진다. 미스터리나 범죄 같은 장르에서 빌런의 진짜 정체는 마지막 순간까지 비밀이다. 대신 작가는 힌트와 단서, 헷갈리게 만드는 정보를 잔뜩 뿌려둘 수 있다(초기에 빌런이 누구인지에 대한 단서가 하나쯤 나오지 않으면 빌런은 독자에게 별로 중요하게 인식되지 않는다). 판타지에서는 빌런이 누구인지 가능한 한 빨리 보여주는 것이 중요하다.

나는 빌런을 정확히 언제 소개해야 하는지 알려주지 않을 것이다. 정답이 없기 때문이다. 자신의 이야기에 빌런이 등장할 타이밍을 정하는 것은 작가의 특권이기도 하다. 하지만 빌런의 등장에는 몇 가지 보편적인 특징이 있다.

빌런의 정체를 숨기고 싶다면

빌런의 정체를 비밀로 하고 싶거나 일시적으로 수수께끼에 부치고 싶을 때 작가는 어떻게 해야 할까? 독자의 주의를 딴

데로 돌리는 일은 생각보다 간단하지 않다. 예를 들어 주인공이 진짜 빌런을 알아보지 못하고 다른 캐릭터를 빌런으로 착각하게 설정할 수도 있다. 그러나 이때 주인공의 착각이 너무 강조되면 독자들은 뻔한 낚시라고 여길 것이다.

게다가 주인공이 빌런을 알아차리지도 못할 만큼 멍청하다는 설정도 비현실적이다. 대신, 의심과 의문을 불러일으키는 캐릭터를 한두 명 넣으라. 이 캐릭터들은 줄거리 내내 수상쩍은 말을 흘리며 독자와 주인공을 의심하게 만들어야 한다.

 『해리 포터와 마법사의 돌』의 볼드모트

『해리 포터와 마법사의 돌』에서 볼드모트는 퀴럴 교수의 터번 밑에 숨었다. 마찬가지로『해리 포터와 불의 잔』에서 매드 아이 무디는 볼드모트의 정체를 숨겨주는 가짜였다.

독자는 작가보다
똑똑하다

작가는 모든 독자가 천재라고 가정할 필요가 있다. 독자는 모든 것을 알고 있다. 그들은 당신이 이야기를 쓸 때부터 이미 당신의 머릿속에 들어가 있다. 독자는 당신의 머릿속을 꿰뚫어 본다. 당신의 모든 생각과 속셈은 떡하니 책에 새겨져 있어 간파당할 수밖에 없고, 당신의 독자는 불세출의 천재다.

빌런에게 불가사의한 분위기를 선사하고 싶다면 정보를

248

반복하지 말라. 독자는 한 번만 정보를 흘려도 알아차린다. 최대한 미묘하게 힌트를 주고 단어를 신중하게 선택하라.

미묘함의 기술이 필요하다

빌런의 존재를 비밀로 하고 싶다면 미묘함의 기술을 연마해야 한다. 당신의 빌런을 너무 정의롭거나 성스럽게 만들지 말라. 실제 모습과 정반대처럼 보이도록 연출하는 것은 너무 뻔한 클리셰라 독자들이 바로 꿰뚫어 볼 것이다.

마찬가지로, 빌런을 너무 사악하게 만들지 말라. 그것 역시 너무 속이 뻔히 들여다보인다. 엄마는 누누이 '뭐든 적당한 게 좋다'고 말하지 않았던가. 빌런 캐릭터도 마찬가지다. 빌런이 누구인지는 확실하지 않아도 된다. 하지만 주인공과 맞서는 존재로서 빌런의 개념만큼은 확실해야 한다.

빌런 소개에서 가장 중요한 것

빌런 소개는 요리와 같다. 요리를 오븐에서 너무 일찍 꺼내면 설익어서 모양도 보기 싫고 제대로 맛도 나지 않는다. 요리처럼

빌런 소개도 타이밍이 중요하다. 빌런이 끝까지 비밀로 남기를
원한다고 해도, 소설이 끝나기 전에는 소개해야 한다. 전체적인
줄거리는 히어로와 빌런의 관계를 토대로 이루어질 수밖에
없으니 빌런의 개념은 일찍 소개해야 한다.

　이야기의 시작 부분에서 빌런을 소개하지 않으면 줄거리가
어색해지며, 독자가 앞뒤를 연결 지을 수 없다. 아무리 빌런을
나중에 대대적으로 밝히고 싶다고 해도 기초 작업이 필요하다.
독자가 잠재의식 속에서 단서들을 엮어나갈 수 있게 구성해야
나중에 빌런의 정체가 밝혀졌을 때 그럴듯하게 느껴진다.

　그렇다고 꼭 처음부터 빌런을 직접 등장시킬 필요는 없다.
초기부터 그의 존재를 암시하거나 다른 캐릭터들의 대화를
통해 그가 미치는 영향이 드러나도록 하면 된다. 빌런의 개념을
일찍부터 소개해야 하는 이유는 히어로가 어떤 위험에 처했는지
독자들이 알아야 하기 때문이다. 히어로를 위험하게 만드는 것은
빌런이다.

　빌런을 언제 소개하는지보다 중요한 것은 독자들에게 빌런의
본질을 느끼게 하는 것이다. 그는 누구인가? 그의 목적은
무엇인가? 그가 히어로를 얼마나 엉망으로 만들까?

 〈다크 나이트〉

도시 한복판에 가면을 쓴 강도 일당이 나타나 은행을
털러 간다. 그들은 이 계획을 짠 사람이 바로 조커라며,
조커는 영리하고 사람들에게 겁을 주며 얼굴에 화장을
하고 다닌다는 대화를 나눈다. 하지만 강도들은 모두
가면을 쓰고 있어서 누가 조커인지 알 수 없다. 조커는
오프닝 신의 마지막에 가서야 정체를 드러낸다.

우리는 오프닝 신에서 조커에 대해 두 가지를 알 수 있다. 첫째, 그는 엄청나게 영리하고 그래서 매우 위험하다. 강도들이 서로를 총으로 쏘게 만들어 마지막에 아무런 목격자도 남겨두지 않고 자신만 살아남아 돈을 챙기는 모습에서 알 수 있다. 두 번째는 그가 사이코패스고 완전히 미쳤다는 것이다. 강도 사건 때 총에 맞은 사람이 조커에게 범죄자도 지킬 게 있다고 소리를 지르며 네가 아는 건 뭐냐고 묻는다. 조커는 기괴한 광대 가면을 벗고 이렇게 말한다. "사람은 자고로 죽을 고비를 넘기면 더 해괴해지지."

13단계 요약

- 빌런을 소개하는 방법은 장르에 따라 달라진다.

- 다른 사람을 빌런으로 착각하게 해서 빌런에게서 주의를 돌리는 것은 간단하지 않다. 주인공이 다른 캐릭터를 의심하는 모습이 너무 강조되면 독자들은 오히려 속임수를 간파할 것이다.

- 의심과 의문을 불러일으키는 캐릭터를 한두 명 넣으라(또는 전부 다 의심스럽게 만들라).

- 독자는 작가보다 똑똑하다. 정보를 반복하지 말고 최대한 미묘하게 힌트를 주라.

- 빌런을 너무 정의롭거나 성스럽게 만들지 말라. 실제 모습과 정반대처럼 보이도록 연출하는 것은 클리셰고 독자들이 꿰뚫어 볼 것이다.

- 빌런을 너무 사악하게 만들지도 말라. 그것 역시 너무 속이 뻔히 들여다보인다. 뭐든 적당한 게 좋다.

- 빌런이 끝까지 비밀로 남기를 원한다고 해도 빌런의 개념은 일찍 소개해야 한다. 독자가 빌런에 관한 단서들을 엮어나가야 나중에 빌런의 정체가 밝혀졌을 때 그럴듯하게 느껴진다.

- 빌런이 누구인지는 확실하지 않아도 된다. 하지만 빌런의 개념만큼은 확실해야 한다.

● 빌런의 개념을 일찍부터 소개해야 하는 이유는 히어로가
어떤 위험에 처했는지 독자들이 알아야 하기 때문이다. 히어로를
위험하게 만드는 것은 빌런이다.

생각해볼 질문

● 당신이 쓰는 장르에서 가장 좋아하는 소설 다섯 권을
생각해보라. 가장 훌륭하게 소개된 빌런은 누구인가?

● 빌런의 정체가 후반에 가서야 밝혀진 경우, 그전까지
작가는 빵 조각을 얼마나 많이 뿌려놓았는가? 이야기의 어느
지점에 뿌렸는가?

마무리하며
퍼즐처럼 맞추라!

이제 끝났다. 여기까지 온 당신, 정말 잘했다. 내 횡설수설을 끝까지 들어준 것도 대단히 고맙다. 지금쯤 당신은 분명 끝장나게 멋진 빌런 캐릭터 만드는 방법을 한두 가지는 배웠을 것이다.

내가 요다라면 이렇게 말할 것이다. "이제 마스터가 되었구나." 이제 당신은 날개를 펼치고 저 멀리 노을이 불타는 빌런의 세계로 날아가야 할 때가 되었다.

이 책에서 배운 것을 다 합쳐서 원고에 쏟아부으면 된다. 작은 도움이 되도록, 빌런을 제대로 그리는 데 도움이 될 만한 체크리스트도 준비했다. 중요한 행동과 질문들을 담았다. 당신의 여정을 도와줄 빌런과 조력자들에 대한 짧은 수업도 개설했다. 이것들은 전부 여기(sachablack.co.uk)에서 무료로 이용할 수 있다.

부록에는 분석해볼 만한 유명한 빌런들을 포함해 다양한 리스트가 있다. 빌런은 마치 아름다움처럼 보는 사람의 눈에 달려 있다. 무엇이 좋은 빌런이고 나쁜 빌런인지는 결국 당신의 취향에 달려 있다. 하지만 이 책에서 소개한 장르 트롭과 예시가 도움이 될 것이다. 빌런 마스터여, 이제 세상으로 나가 지상 최대의 빌런을 소개할 때다.

감사의 말

작가는 자신을 외로운 늑대라고 생각합니다. 매일 밤 홀로 키보드를 두드리는 외로운 늑대죠. 하지만 그건 사실이 아닙니다. 모든 작가에겐 자신만의 늑대 무리가 있으니까요. 친구, 가족, 아이, 글쓰기 동료, 편집자, 디자이너, 후원자 등등… 이들은 작가가 결승선을 통과할 수 있도록 도와줍니다. 그들이 없었다면 이 책은 세상에 나오지 못했을 겁니다.

우선 내가 꿈을 따라갈 수 있도록 인내심을 가지고 지켜봐준 아내에게 감사합니다. 거실 한구석에서 끊임없이 키보드를 두드려대는 모습을 참아줘서 고마워요. 좋은 본보기가 되고 싶은 마음이 들게 해준 아들에게도 고맙습니다. 무슨 일이 있어도 꿈을 좇을 수 있다는 것을 아들에게 보여주고 싶어서 열심히 달리게 됩니다. 엄마, 아빠, 이렇게 멋진 저를 낳아주셔서 감사합니다. 발길질하며 비명을 질러대는 나를 기어이 결승선까지 끌어가 준 엘리 포츠에게도 감사를 전합니다.

블로거 배시 위원회, 알리, 제프, 휴, 끝없는 지지와 믿음을 주어서 고맙습니다. 이런 나를 견뎌줘서 고마워요. 수지와 루시, 매일 내 말을 들어주고 내가 끝없는 의심의 벼랑에 설 때마다 구슬려줘서 고맙습니다. 원고를 읽어준 사라, 알리, 루시, 신시아, 아이시, 소중한 피드백을 주고 이 책을 훨씬 좋게 만

257

들어줘서 고마워요. 너무 많아서 한 명 한 명 이름을 부를 수 없는 내 블로그 친구들, 항상 응원해주고 내 불평불만과 거친 농담을 들어줘서 고맙습니다!

에이미 머피 박사님, 오랜 우정에 감사합니다. 내가 이루지 못한 심리학자의 꿈을 이루고 검수까지 해줘서 고마워요. 설문 조사에 참여해준 수많은 작가, 블로거, 친구, 독자들에게도 감사를 전합니다. 덕분에 이 책이 나올 수 있었어요. 마지막으로, 이 책을 사서 읽어준 독자 여러분, 이 책이 여러분에게 도움이 되었으면 좋겠습니다. 여러분의 성공을 기원합니다.

소설과 영화 속 빌런 목록

- 〈007 골드핑거〉의 오릭 골드핑거
- 〈007 두 번 산다〉의 에른스트 스타브로 블로펠트
- 〈007 위기일발〉의 레드 그랜트
- 〈101 달마시안〉의 크루엘라 드빌
- 『1984』의 오브라이언
- 〈2001 스페이스 오디세이〉의 인공 지능컴퓨터 HAL 9000
- 〈LA 컨피덴셜〉의 더들리 스미스
- 『나를 찾아줘』의 에이미 던
- 〈나이트메어〉의 프레디 크루거
- 『노인을 위한 나라는 없다』의 안톤 시거
- 〈다이 하드〉의 한스 그루버
- 〈다크 나이트 라이즈〉의 베인
- 〈다크 나이트〉의 조커
- 『대부』의 비토 코를레오네
- 『드라큘라』의 드라큘라
- 아서 코난 도일, 『마지막 사건』의 모리어티
- 〈레모니 스니켓의 위험한 대결〉의 올라프 백작
- 〈로보캅〉의 클래런스 보디커
- 〈로빈후드〉의 노팅엄 영주

- 〈록키〉의 이반 드라고
- 『롤리타』의 클레어 퀼터
- 『리처드 3세』의 리처드 3세
- 〈리플리〉의 톰 리플리
- 〈매트릭스〉의 스미스 요원
- 『미저리』의 애니 윌크스
- 〈바스터즈: 거친 녀석들〉의 한스 란다
- 『반지의 제왕』의 사우론
- 『백설 공주와 일곱 난쟁이』의 여왕
- 『베오울프』에서 그렌델의 어머니
- 〈블루 벨벳〉의 프랭크 부스
- 〈뻐꾸기 둥지 위로 날아간 새〉의 간호사 래치드
- 『사자와 마녀와 옷장』의 하얀 마녀
- 『샤이닝』의 잭 토런스
- 〈세븐〉의 존 도
- 〈쉰들러 리스트〉의 아몬 괴트
- 〈슈퍼맨 2〉의 조드 장군
- 〈스타워즈〉의 다스 베이더
- 〈스파이더맨〉의 그린 고블린
- 〈시계 태엽 오렌지〉의 알렉스 드라지
- 『시녀 이야기』의 프레드
- 『실낙원』의 사탄
- 〈심슨 가족, 더 무비〉의 러스 카길
- 〈싸이코〉의 노먼 베이츠
- 『양들의 침묵』의 한니발 렉터

- 〈에이리언〉의 에이리언
- 『오셀로』의 이아고
- 『오즈의 마법사』의 서쪽 마녀
- 『올리버 트위스트』의 빌 사이크스
- 〈월 스트리트〉 고든 게코
- 〈위험한 정사〉의 알렉스 포레스트
- 〈유주얼 서스펙트〉의 카이저 소제
- 『정글북』의 시어칸
- 〈존경하는 어머니〉의 조안 크로퍼드
- 〈좋은 친구들〉의 토미 드비토
- 〈지옥의 묵시록〉의 월터 E. 커츠 대령
- 『지킬 박사와 하이드』의 하이드
- 〈치티 치티 뱅뱅〉의 차일드 캐처
- 〈캐리비안의 해적〉의 데이비 존스
- 〈캐리비안의 해적〉의 바르보사
- 『캐치 22』의 마일로 마인더바인더
- 〈케스〉의 주드 캐스퍼
- 〈택시 드라이버〉의 트래비스 비클
- 〈터미네이터 2〉의 T-1000
- 〈텍사스 전기톱 학살〉의 레더페이스
- 〈트레인스포팅〉의 벡비
- 〈풀 메탈 자켓〉의 하트먼 상사
- 『프랑켄슈타인』의 괴물
- 『피터 팬』의 후크 선장
- 〈하이 눈〉의 잭 콜비

- 〈할로윈〉 시리즈의 마이클 마이어스
- 『해리 포터와 마법사의 돌』의 볼드모트
- 『헝거 게임』의 스노우 대통령
- 『황금나침반』의 쿨터 부인

반영웅 목록

- 〈24〉의 잭 바우어
- 〈가십걸〉의 척 배스
- 〈더 와이어〉의 지미 맥널티
- 〈데드풀〉의 데드풀
- 〈덱스터〉의 덱스터 모건
- 〈베터 콜 사울〉과 〈브레이킹 배드〉의 사울 굿맨
- 〈브레이킹 배드〉의 월터 화이트
- 〈브이 포 벤데타〉의 V
- 〈블랙애더〉 시리즈의 에드먼드 블랙애더
- 〈비틀쥬스〉의 비틀쥬스
- 〈소프라노스〉의 토니 소프라노
- 〈수어사이드 스쿼드〉의 수어사이드 스쿼드
- 〈슈렉〉의 슈렉
- 〈아드레날린 24〉의 체브 첼리오스
- 〈아메리칸 사이코〉의 패트릭 베이트먼
- 〈악마는 프라다를 입는다〉의 미란다 프리스틀리
- 〈엑스맨〉 시리즈의 매그니토와 울버린
- 〈월 스트리트〉의 조던 벨포트
- 〈잭 리처〉 시리즈의 잭 리처

- 〈저지 드레드〉의 저지 드레드
- 〈제이슨 본〉 시리즈의 제이슨 본
- 〈캐리비안의 해적〉의 잭 스패로우 선장
- 〈콘스탄틴〉의 존 콘스탄틴
- 〈프리즌 브레이크〉의 시어도어 '티백' 백웰
- 〈헬보이〉의 헬보이
- 〈홈랜드〉의 니콜라스 브로디

캐릭터 성격·특징 목록

● 긍정적인 성격·특징

감상적인 Sentimental	경건한 Reverential	공유하는 Sharing
감성이 뛰어난 Sensitive	계획을 잘 세우는 Planner	공정한 Fair
강인한 Strong	고결한 High-minded	관대한 Tolerant
강직한 Upright	고마워하는 Appreciative	교양 있는 Cultured
개방적인 Open	고상한 Tasteful	권위적이지 않은 Non-authoritarian
개인주의 Individualistic	공감을 잘하는 Empathetic	규율을 잘 따르는 Disciplined
객관적인 Objective	공감하는 Sympathetic	균형 잡힌 Balanced
건강한 Healthy	공들이는 Painstaking	극기심 Self-denying
결단력 있는 Decisive	공부를 열심히 하는 Studious	극적인 Dramatic
겸손한 Humble	공손한 Respectful	근면한 Hardworking

금욕적인 Stoic	논리적인 Logical	도움이 되는 Helpful
기민한 Alert	느긋한 Relaxed	도전적인 Challenging
기분 좋은 Agreeable	능동적인 Active	도회적인 Urbane
기특한 Admirable	능률적인 Efficient	독단적이지 않은 Undogmatic
깊은 Deep	다가가기 쉬운 Accessible	독립적인 Independent
깔끔한 Neat	다면적인 Multileveled	독창적인 Original
깨끗한 Clean	다재다능한 Many-sided	동반자 Companion
꼼꼼한 Meticulous	다정한 Sweet	따뜻한 Hearty
꾸준한 Steady	다채로운 Colorful	따뜻한 Warm
낙관적인 Optimistic	단순한 Simple	뛰어난 Brilliant
남의 마음을 상하게 하지 않는 Inoffensive	단정한 Tidy	리더 Leader
낭만적인 Romantic	단호한 Forceful	마음을 끄는 Winning
냉철한 Clear-headed	대담한 Daring	매력적인 Attractive
너그러운 Forgiving	도량이 넓은 Magnanimous	매혹적인 Captivating

멋지고 당당한 Debonair	부드러운 Good-natured	설득력 있는 Persuasive
멋진 Charming	분명하게 표현하는 Articulate	성숙한 Mature
명랑한 Cheerful	분별 있는 Sane	성찰적인 Reflective
명예로운 Honorable	불평하지 않는 Uncomplaining	세련된 Polished
모험심 강한 Adventurous	비범한 Extraordinary	세심한 Scrupulous
모험적인 Venturesome	사교적인 Social	섹시한 Sexy
목적의식이 있는 Purposeful	사랑스러운 Lovable	소박한 Rustic
미리 예상해 선수를 치는 Anticipative	사려 깊은 Considerate	속이 꽉 찬 Solid
미묘한 Subtle	사심 없는 Selfless	속지 않는 Unfoolable
믿을 만한 Reliable	상냥한 Friendly	솔직 담백한 Forthright
배려심 많은 Caring	상상력이 뛰어난 Imaginative	수수한 Modest
변함없는 Steadfast	상황 판단이 빠른 Shrewd	숙고하는 Contemplative
변화무쌍한 Protean	서정적인 Lyrical	숙련된 Skillful
보호해주는 Protective	선견지명이 있는 Farsighted	스승 Teacher

267

시간을
엄수하는
Punctual

신나는
Exciting

신중한
Prudent

실용적인
Practical

심오한
Profound

씩씩한
Gallant

아량 있는
Generous

안정감 있는
Secure

안정된
Stable

애국심이 강한
Patriotic

양보하는
Conciliatory

양심적인
Conscientious

에너지 넘치는
Energetic

여유로운
Leisurely

여유와 자신감
넘치는
Suave

역동적인
Dynamic

연민 어린
Compassionate

열성적인
Enthusiatic

열정적인
Passionate

영리한
Clever

영웅적인
Heroic

예리한
Incisive

온건한
Moderate

온순한
Tractable

온화한
Gentle

완벽주의
Perfectionist

용감한
Courageous

우아한
Elegant

운동을 잘하는
Athletic

원칙에 입각한
Principled

위엄 있는
Dignified

유능한
Capable

유머러스한
Humorous

유창한
Eloquent

유쾌한
Personable

융통성 있는
Flexible

의무를 잘 지키는
Dutiful

이상주의적인
Idealistic

이타적인
Allocentric

이해심 많은
Understanding

인기 많은
Popular

인내심이 많은
Patient

인상적인 Impressive	재치 있는 Witty	지식이 많은 Knowledgeable
자급자족적인 Self-sufficient	적응력이 있는 Adaptable	지적인 Intelligent
자기비판적 Self-critical	전인격적인 Well-rounded	지혜로운 Wise
자립적인 Self-reliant	젊은 Youthful	직관적인 Intuitive
자발적인 Self-directed	정돈된 Orderly	진심 어린 Discreet
자비로운 Gracious	정리를 잘하는 Organized	진지한 Sober
자신감 있는 Confident	정정당당한 Sporting	진중한 Serious
자애로운 Benevolent	정중한 Courteous	집중력이 뛰어난 Focused
자유를 존중하는 Freethinking	정직한 Honest	참된 Genuine
자유주의 Liberal	정확한 Precise	창의적인 Creative
잘 교육받고 자란 Well-bred	조심스러운 Discreet	책을 많이 읽은 Well-read
장난기 많은 Playful	조직적인 Systematic	책임감 있는 Responsible
장난기 있는 Fun-loving	즉흥적인 Spontaneous	천사 같은 Seraphic
재간 있는 Resourceful	지각 있는 Perceptive	철저한 Thorough

청렴결백한
Incorruptible

통찰이 뛰어난
Insightful

해칠 수 없는
Invulnerable

체계적인
Methodical

패기 만만한
Ebullient

행복한
Felicific

충성스러운
Loyal

평온한
Peaceful

헌신적인
Dedicated

충직한
Faithful

포부가 큰
Aspiring

혁신적인
Innovative

친절한
Kind

품위 있는
Decent

현명한
Sage

침착한
Calm

하늘이 돕는
Providential

현실적인
Realistic

카리스마 있는
Charismatic

학구적인
Scholarly

협조적인
Cooperative

쾌활한
Vivacious

학식 있는
Educated

호기심 많은
Curious

타인을
의심하지 않는
Trusting

한결같은
Constant

확고한
Firm

태평한
Insouciant

합리적인
Rational

• 중립적인 성격·특징

가족주의적인
Paternalistic

감정적인
Emotional

건조한
Dry

가족적인
Familial

강렬한
Intense

검소한
Frugal

감상적이지 않은
Unsentimental

거침없이 말하는
Outspoken

격식 차리는
Formal

경쟁심이 강한
Competitive

경쟁심이 없는
Non-competitive

경쾌한
Breezy

고집 센
Stubborn

공격적이지 않은
Naggrresive

관능적인
Sensual

구식의
Old-fashioned

굳센
Tough

권위주의적인
Authoritarian

근엄한
Stern

금욕적인
Ascetic

기교 있는
Artful

기만적인
Deceptive

남과 잘
어울리지 않는
Retiring

남의 시선을
의식하는
Self-conscious

놀라운
Surprising

뉘우치는
Repentant

대충하는
Casual

도덕주의자
Moralistic

독실한
Religious

딱딱한
Crisp

말을 잘 하지 않는
Reserved

모성적인
Maternal

모순적인
Contradictory

몰두하는
Preoccupied

몽상적인
Dreamy

무신경한
Stolid

무표정한
Impassive

바뀌지 않는
Unchanging

바쁜
Busy

보이지 않는
Invisible

복잡한
Complex

부드럽고 온화한
Mellow

불경한
Irreverent

빈정대는
Sarcastic

사근사근한
Smooth

사무적인
Business-like

사적인
Private

생각이 원대한
Big-thinking

서두르는
Hurried

서두르지 않는
Unhurried

서민적인
Folksy

세속적인 Earthy	야심 있는 Ambitious	은밀한 Confidential
속을 알 수 없는 Unfathomable	약삭빠른 Cute	인간미 없는 Impersonal
속일 줄 모르는 Guileless	어리바리한 Absentminded	인습 타파적인 Iconoclastic
수수께끼 같은 Enigmatic	엄한 Strict	자부심 있는 Proud
순종적인 Obedient	엉뚱한 Whimsical	자유분방한 Freewheeling
쉽게 영향받는 Impressionable	여린 Soft	잔잔한 Placid
스킨십을 즐기는 Physical	예의 차리지 않는 Unceremonious	재미있는 Amusing
신비주의 Mystical	예측 가능한 Predictable	절제하는 Restrained
신앙심이 없는 Unreligious	예측 불가능한 Unpredictable	정치적인 Political
실험적인 Experimental	완강한 Determined	조용한 Quiet
아무 제약을 받지 않는 Uninhibited	요구가 많지 않은 Undemanding	종교적이지 않은 Irreligious
아주 다정한 Chummy	용의주도한 Circumspect	주관적인 Subjective
애국심이 없는 Unpatriotic	우스꽝스러운 Droll	중립적 Neutral
야망이 없는 Unambitious	유행에 떨어지지 않는 Stylish	지배적인 Dominating

지적인
Cerebral

진보적인
Progressive

질문하는
Questioning

최면을 거는
Hypnotic

침통한
Solemn

털털한
Boyish

특이한
Idiosyncratic

특징이 없는
Noncommittal

평범한
Ordinary

현대적인
Modern

혼자 있기를 좋아하는
Solitary

화려한
Glamorous

회의적인
Skeptical

• 부정적인 성격·특징

가식적인
Pretentious

가학적인
Sadistic

간섭하기 좋아하는
Meddlesome

갈망하는
Wishful

감상적인
Mawkish

강박적인
Compulsive

강철 같은
Steely

거만한
Haughty

거짓된
False

걱정하는
Fearful

건강하지 못한
Unhealthy

겉만 번지르르한
Unctuous

겉치레뿐인
Meretricious

게으른
Lazy

경멸하는
Scornful

경솔한
Frivolous

경직된
Stiff

계산적인
Calculating

고압적인
High-handed

고지식한
Prim

고집이 센
Willful

고통스러운
Agonizing

골칫거리인
Troublesome

공격적인
Aggressive

공상적인
Fanciful

공허한
Airy

관점이 좁은
Narrow

관찰력이 떨어지는
Astigmatic

광적인
Fanatical

괴물 같은
Monstrous

교활한
Crafty

군림하려 드는
Domineering

굼뜬
Sedentary

권력에 굶주린
Power-hungry

권위주의적인
Authoritarian

규율 없는
Undisciplined

극단적인
Extreme

근시안적인
Short-sighted

기계적인
Mechanical

기력이 없는
Inert

기만적인
Treacherous

기분 변화가 심한
Moody

기이한
Bizarre

기회주의적인
Opportunistic

긴장한
Tense

깊이 없는
Superficial

까다로운
Difficult

까칠한
Abrasive

나약한
Weak

난폭한
Outrageous

남을 잘 믿는
Gullible

낭비벽이 있는
Extravagant

냉담한
Aloof

냉소적인
Cynical

냉정한
Phlegmatic

너그럽지 못한
Intolerant

논쟁적인
Disputatious

느려터진
Plodding

느린
Slow

당황하게 하는
Disconcerting

도덕관념이 없는
Amoral

독단적인
Dogmatic

독실한 체하는
Sanctimonious

동기부여가
되지 않은
Unmotivated

둔감한
Insensitive

따분한
Dull

따지기
좋아하는
Argumentative

말이 많은
Loquacious

매력 없는
Charmless

멋대로인
Arbitary

멍청한
Stupid

모방적인
Imitative

모욕적인
Insulting

모호한
Vague

목표가 없는
Aimless

몰락한
Ruined

몰인정한
Uncharitable

무감각한
Callous

무관심한
Apathetic

무기력한
Enervated

무례한
Disrespectful

무분별한
Imprudent

무서운
Frightening

무신경한
Uncaring

무지한
Ignorant

무질서한
Disorderly

무책임한
Irresponsible

미신적인
Superstitious

믿을 수 없는
Unreliable

반동적인
Reactionary

반응적인
Reactive

반항하는
Disobedient

방종한
Dissolute

배은망덕한
Ungrateful

범죄자
Criminal

변덕스러운
Fickle

별난
Quirky

병적인
Morbid

보수적인
Conservative

복수심을 품은
Vindictive

부정적인
Negativistic

부정직한
Deceitful

부주의한
Careless

부패한
Venal

분노하는
Resentful

분열을 일으키는
Disruptive

불같은
Fiery

불규칙한
Erratic

불만족스러운	비판적인	서투른
Discontented	Critical	Clumsy
불안정한	비현실적인	설득력이 없는
Unstable	Unrealistic	Unconvincing
불충실한	비협조적인	성마른
Disloyal	Uncooperative	Brittle
불친절한	삐뚤어진	성미가 고약한
Unfriendly	Perverse	Cantankerous
불쾌한	사기를 치는	세련되지 않은
Obnoxious	Fraudulent	Unpolished
불행한	사랑스럽지 않은	소극적인
Miserable	Unlovable	Passive
불협화음	사려 깊지 못한	소란스러운
Dissonant	Inconsiderate	Rowdy
비겁한	사무적인	소심한
Cowardly	Business-like	Timid
비난하는	상상력이 부족한	소유욕이 강한
Condemnatory	Unimaginative	Possessive
비도덕적인	상상이 지나친	속이 뻔히 들여다보이는
Sordid	Over-Imaginative	Transparent
비밀스러운	상스러운	속이 좁은
Secretive	Crude	Narrow-minded
비사교적인	생각 없는	솔직하게 말하지 않는
Asocial	Thoughtless	Mealy-mouthed
비이성적인	생각이 뒤죽박죽인	솔직하지 않은
Irrational	Muddle-headed	Devious
비판력이 없는	생각이 모자라는	수줍은
Uncritical	Unreflective	Shy

순응주의 Conformist	야만적인 Barbaric	여린 Delicate
순종적인 Submissive	야심 찬 Grand	연약한 Vulnerable
순진한 Naive	약탈적인 Predatory	예의 없는 Manner-less
쉽게 낙담하는 Easily Discouraged	얄팍한 Shallow	오만한 Arrogant
쉽게 집중이 흐트러지는 Distractible	어리둥절한 Bewildered	옹졸한 Petty
신경증에 걸린 Neurotic	어리석은 Foolish	완고한 Hidebound
신의 없는 Faithless	억눌린 Repressed	외골수적인 Single-minded
아둔한 Crass	억압당하는 Oppressed	요구가 많은 Demanding
아첨하는 Fawning	억제되지 않은 Unrestrained	요령 없는 Tactless
악의적인 Malicious	억제된 Inhibited	우스꽝스러운 Silly
안달하는 Impatient	얼빠진 Vacuous	우울한 Melancholic
안목이 없는 Unappreciative	엉뚱한 Zany	우유부단한 Indecisive
안일한 Complacent	엉망인 Messy	우쭐대는 conceited
앙심에 찬 Venomous	엉성한 Sloppy	유감스러워하는 Regretful

277

융통성 없는
Rigid

은밀한
Comfidential

음울한
Gloomy

음침한
Grim

음탕한
Coarse

음흉한
Sly

의도는 좋은
Well-meaning

의례적인
Ritualistic

의욕을 꺾는
Discouraging

의존적인
Dependent

의지가 강한
Strong-willed

의지가 약한
Weak-willed

이기적인
Selfish

인상이 희박한
Unimpressive

인색한
Miserly

인위적인
Artificial

일방적인
One-sided

일차원적인
One-dimensional

자극적인
Provocative

자기 비판적이지 않은
Non-self-critical

자기 의견을
굽히지 않는
Opinionated

자기주장이 강한
Assertive

자기중심적인
Egocentric

자신 없는
Insecure

자아도취적인
Narcissistic

자연스럽지 못한
Mannered

자주 불평하는
Complaintive

잔인한
Brutal

잔혹한
Cruel

잘 잊어버리는
Forgetful

잘못 이해한
Misguided

잠시도
가만있지 못하는
Boisterous

재미없는
Colorless

저능한
Soft-headed

적대적인
Hostile

절조 없는
Unprincipled

정상이 아닌
Crazy

정직하지 못한
Dishonest

제멋대로 구는
Self-indulgent

젠체하는
Pompous

조심스러운
Cautious

주저하는
Hesitant

주제넘은
Presumptuous

지나치게
규칙을 찾는
Pedantic

지나치게 너그러운
Indulgent

지나치게 엄격한
Regimental

직설적인
Blunt

진실되지 못한
Insincere

질질 끄는
Procrastinating

질투가 많은
Envious

짜증을 잘 내는
Irritable

차가운
Cold

착각하는
Mistaken

창의성이 없는
Uncreative

책략을 꾸미는
Scheming

천박한
Tasteless

철없는
Childish

청교도적인
Puritanical

체계적이지 못한
Disorganized

초조한
Anxious

최신 유행을 좇는
Trendy

추잡한
Dirty

충격적인
Disturbing

충동적인
Impulsive

쾌락주의적인
Hedonistic

타산적인
Money-minded

탐욕스러운
Greedy

태만한
Neglectful

터무니없는
Ridiculous

퇴폐적인
Decadent

퉁명스러운
Abrupt

특징 없는
Bland

파괴적인
Destructive

편견이 있는
Prejudiced

편의주의적인
Expedient

편협한
Small-thinking

품위 없는
Graceless

피해망상적인
Paranoid

필사적인
Desperate

허무주의
Nihilistic

헤픈
Profligate

현란한
Flamboyant

현실도피자
Escapist

혐오스러운
Hateful

279

호기심이 없는
Incurious

화난
Angry

훔치는 버릇이 있는
Thievish

호색한
Libidinous

화를 잘 내는
Irascible

흥분을 잘하는
Excitable

호전적인
Pugnacious

확고부동한
Fixed

가치 목록

• 긍정적 가치

개방성 Openness	낙관주의 Optimism	성취 Achievement
건강 Health	너그러움 Generosity	소통 Communication
경쟁력 Competitiveness	도전 Challenge	신뢰 Dependability
공정함 Fairness	독립심 Independence	신용 Trustworthiness
규율 Discipline	리더십 Leadership	안도감 Security
균형 Balance	명료함 Clarity	안정성 Stability
기쁨 Pleasure	모험 Adventure	역량 Competency
끈기 Persistence	비전 Vision	연민 Compassion
끌어당기는 힘 Attractiveness	사랑 Love	열의 Enthusiasm
끝없는 배움 또는 성장 Continuous learning or growth	성공 Success	영성 Spirituality

용기	정직	충성심
Courage	Honesty	Loyalty
우정	존중	친절
Friendship	Respect	Kindness
유머	지식	탁월함
Humor	Knowledge	Excellence
윤리	지원	투지
Ethics	Support	Determination
융통성	지혜	행복
Flexibility	Wisdom	Happiness
자신감	진실성	헌신
Confidence	Integrity	Commitment
자유	진정성	호기심
Freedom	Authenticity	Curiosity
자존감	창의성	효율성
Self-respect	Creativity	Efficiency
정의	책임	힘
Justice	Accountability	Strength

• 부정적 가치

거절	낙심	무관심
Reject	Despondency	Disinterested
걱정	냉소주의	무기력증
Worry	Cynicism	Lethargy
굴욕	두려움	무력감
Humiliation	Fear	Helplessness
낙담	명예	배척
Discouraging	Fame	Ostracism

병 Illness	슬픔 Sadness	죄책감 Guilt
분노, 격노 Anger, Rage	실패 Failure	지위 Status
불안 Anxiety	엄격함 Rigidity	질투 Jealousy
불평등 Inequality	외로움 Loneliness	체념 Resignation
불행 Misery	우울함 Depression	침울 Gloom
비관주의 Pessimism	의심 Suspicion	침잠 Withdrawal
비난 Condemnation	자기 의심 Self-doubt	쾌락 Pleasure
비애 Sorrow	적의 Hostility	타인 비판 Criticizing others
비통함 Bitterness	절망 Despair	탐욕 Greed
비판적 판단 Judgemental	좌절감 Frustration	후회 Regret

영혼의 상처 목록

납치

누군가의 목숨을 구하는 데 실패함

배신

범죄 피해

부모나 가족, 연인에게 버림받음

부모나 가족, 혈통과 관련된 거짓말

부모나 배우자의 학대나 조종

불치병

사고에서 살아남음

사랑하는 사람의 죽음

사랑하는 이에게 거부당함

사이비에 빠짐

생존을 위해 도덕적 선을 넘음

성폭행

수술

시험 낙방

계속된 실패

어린 시절 방치당함

오랜 간병

오랜 실직 상태

우울증

유산

이혼

임종을 지키지 못함

입양되었다는 사실

자녀의 죽음

자연재해(태풍, 지진, 쓰나미 등)

잔혹한 행위나 범죄를 목격함

전쟁 참전

정신병

종교를 잃음

중독

집단 괴롭힘

짝사랑

친구들과 멀어지거나 친구들을 잃음

합당한 이유로 법을 어김

해고, 파면

해로운 우정

추천 도서

- 『인간의 130가지 감정 표현법』, 인피니티북스, 2019,
  안젤라 애커만·베카 푸글리시 지음, 서준환 옮김

- 『캐릭터 만들기의 모든 것 1: 99가지 긍정적 성격』, 이룸북, 2018,
  안젤라 애커만·베카 푸글리시 지음, 안희정 옮김

- 『캐릭터 만들기의 모든 것 2: 106가지 부정적 성격』, 이룸북, 2018,
  안젤라 애커만·베카 푸글리시 지음, 안희정 옮김

- Linda N. Edelstein, 『The Writer's Guide to Character Traits』

- Carolyn Kaufman, 『The Writer's Guide To Psychology』

- Robin Rosenberg, 『The Psychology of Superheroes:
  An Unauthorized Exploration』

© Lastman Photography

지은이

사샤 블랙 Sacha Black

베스트셀러 소설가이자 작가들의 글쓰기 선생님. 다양한 작가들을 초대해 창의적인 아이디어와 소설 작법에 관해 이야기를 나누는 '반항적인 작가들을 위한 팟캐스트The Rebel Author Podcast'를 운영한다. 임상심리학자가 되고자 대학교와 대학원에서 심리학을 공부했으나 글쓰기를 더 좋아해 결국 소설가가 되었다. 아마존 베스트셀러에 오른 영어덜트 판타지 소설 『에덴 이스트EDEN EAST』 시리즈와 10여 권이 넘는 작법서를 썼다. 글을 쓰지 않을 때는 지나치게 큰 소리로 웃거나 곰팡내 나는 오래된 책 냄새를 맡거나 LP 레코드를 사 모은다.

옮긴이 정지현

스무 살 때 남동생의 부탁으로 두툼한 신시사이저 사용설명서를 번역해준 것을 계기로 번역의 매력과 재미에 빠졌다. 대학 졸업 후 출판번역 에이전시 베네트랜스 전속 번역가로 활동 중이며 현재 미국에 거주하면서 책을 번역한다.

옮긴 책으로 『자신에게 너무 가혹한 당신에게』 『5년 후 나에게』 『자신에게 엄격한 사람들을 위한 심리책』 『타인보다 민감한 사람의 사랑』 『콜 미 바이 유어 네임』 등이 있다.

어차피 작품은 캐릭터다 ①

빌런의 공식

펴낸날 초판 1쇄 2022년 11월 10일
　　　　초판 3쇄 2025년 1월 13일
지은이 사샤 블랙
옮긴이 정지현
펴낸이 이주애, 홍영완
편집장 최혜리
편집2팀 박효주, 홍은비, 김혜원
편집 양혜영, 유승재, 박주희, 문주영, 장종철, 강민우, 김하영, 이소연, 이정미
디자인 박아형, 김주연, 기조숙, 윤소정, 윤신혜
마케팅 최혜빈, 김지윤, 김태윤, 김미소, 정혜인
해외기획 정미현
경영 지원 박소현
펴낸곳 (주)윌북
출판등록 제2006-000017호
주소 10881 경기도 파주시 광인사길 217
전화 031-955-3777 팩스 031-955-3778
홈페이지 willbookspub.com
블로그 blog.naver.com/willbooks 트위터 @onwillbooks
인스타그램 @willbooks_pub
ISBN 979-11-5581-545-8 03800